Stadt Esslingen am Neckar, Sommer 2000

„Die Sache ist soweit klar", verkündete Hauptkomissar Herbert Streckle in der abendlichen Sondersitzung der Polizeidienststelle Esslingen am Neckar. „Der Täter ist vermutlich Deutscher und zwischen 25 und 35 Jahren alt. Er ist 1,85 bis 1,90 m groß, wahrscheinlich kahlköpfig und verfügt über erstaunliche Kräfte. Er hat eine Stahltür aus den Angeln gehoben, wofür er fünf Sekunden Zeit hatte, und das ohne Hilfsmittel."

Streckle war das genaue Gegenteil dessen, den er beschrieb. Mittelgroß, mittelalt und plump. Niemals hätte er eine Stahltür aus den Angeln heben können.Ihm war es zuviel, wenn er seiner Frau am Samstag die Sprudel- und Bierkästen in den Einkaufswagen des Getränkemarktes heben musste und von dort in das Auto und vom Auto ins Haus. Niemals würde er begreifen, warum ein Getränkekasten so oft bewegt werden musste, bis man endlich an das Getränk herankam. Und dann die Flaschen. Aus dem Kasten in den Tragekorb, vom Keller in die Küche, von der Küche ins Esszimmer, dort endlich in ein Glas geleert, dann wieder zurück in die Küche und wenn die Flasche leer war, in den Tragekorb und zusammen mit anderen Flaschen in den Keller und in die Getränkekiste. Am nächsten Samstag ging alles wieder von vorne los. Leerer Kasten ins Auto, dann in den Getränkemarkt, den Einkaufswagen...

Streckle vernahm Räuspern und eine erwartungsvolle Stille. Seufzend kehrte er in die Wirklichkeit zurück. Sein Büro war voll von Streifenpolizisten, die darauf warteten, seine Instuktionen zu erhalten. Der Sitzungsraum war nicht zugänglich, da er seit Wochen renoviert wurde, und so standen die Mitarbeiter dicht an dicht in seinem Arbeitszimmer.

AF138671

Streckle fuhr sich übers Haar, lockig und kräftig, wenn auch aus dem Blond ein Weiß wurde, rückte seine Brille zurecht und fuhr fort.

Im Landkreis Esslingen hatte es zwei Frauenmorde gegeben, den ersten im Dezember letzten Jahres, den zweiten jetzt im Juli, vor zwei Tagen. Beide Frauen waren zwischen vierzig und fünfzig Jahre alt gewesen, verheiratet, Hausfrauen, die Kinder bereits aus dem Haus oder im Studium. Außer diesen Ähnlichkeiten gab es sonst keine. Die eine Frau, das erste Opfer, lebte in einem Hochhaus in der Esslinger Pliensauvorstadt und war nachts um 23.30 Uhr erdrosselt worden, als sie den Müll im Entsorgungszentrum des Hochhauses in einen Container legen wollte. Das Zentrum war durch eben jene Stahltür veschlossen, die der Täter in Sekunden lautlos beseitigt hatte, um sich auf die vor Schreck gelähmte Frau zu stürzen. Tatwaffe war ein rot-weiß gestreiftes Plastikband gewesen, wie es benutzt wurde, um Baustellen abzusperren. Es war vierfach genommen worden, vermutlich um eine hohe Reißfestigkeit zu gewährleisten, und am Tatort zurückgelassen worden. Natürlich gab es jede Menge Fingerabdrücke drauf, aber keine, die sich mit bekannten Tätern zur Deckung bringen lassen konnten.

Das zweite Opfer wurde in Plochingen ebenfalls nachts, um circa 3.15 Uhr ermordet. Die Frau konnte nicht schlafen und hatte beschlossen, noch einen kleinen Spaziergang im Garten zu machen. Es war einer jener Gärten, die ohne jede Begrenzung in die Nachbarsgärten übergehen und zur angrenzenden Straße keinen Zaun aufweisen. Dort überraschte der Täter die Frau und erdrosselte sie. Tatwaffe war diesmal ein zu einem Seil gedrehter Gelber Sack, der zur Abholung auf der Straße bereitgestanden und vom Täter kurzerhand ausgekippt worden war. Auch der Sack blieb neben der Leiche zurück. Natürlich gab es keine verwertbaren

2

Fingerabdrücke, keine Übereinstimmung auch mit den auf dem rot-weißen Band gefundenen Abdrücken. Den Frauen war sonst nichts angetan worden. Sie waren tot und es gab keine Hinweise auf die Beweggründe für ihren Tod. Die Täterbeschreibung, vage genug, stammte von einem ziemlich betrunkenen Spätheimkehrer, Nachbar der zweiten Ermordeten, der von dem vermutlichen Mörder angerempelt worden war.

Da so wenig bekannt war über den Mörder, er aber innerhalb von sechs Monaten zweimal zugeschlagen hatte und es vermutlich wieder tun würde, tat man bei der Kripo alles, um über Schlüsse und Täterpsychologie zu einem Hinweis zu kommen, wo man den Täter suchen solle. Aus dem angrenzenden Stuttgart war eine Polizeipsychologin hereingeschneit, bei deren Eintreffen sich Streckles Haare gesträubt hatten. Ein Mädchen, bestimmt jünger als seine eigene Tochter, die doch auch erst fünfundzwanzig war, mit rotgefärbten Haaren, Minirock und auffallendem Silberschmuck an den Fingern. Wie konnte ein dermaßen junges Mädchen Ahnung von Perversen, Mördern, Verdächtigen, ja wie konnte sie überhaupt Ahnung von den Menschen haben? Streckle hatte es rundweg abgelehnt, sich mit der Frau zu unterhalten, mochte sie nun Diplompsychologin, sogar Dr.psych. sein. Wie ging das nur an, diese Qualifikationen vorzuweisen und nicht älter als einundzwanzig auszusehen? Das ging über seinen Horizont, und er überließ die Dame seinem Assistenten Hoffmann.

Jedenfalls war bei dem Ganzen herausgekommen, dass der Täter einen Hass auf Frauen hatte (dies schien so offenkundig, dass Streckle stark daran zweifelte), vermutlich wegen Vernachlässigung oder Misshandlung durch die Mutter (Streckle war bereit zu wetten, dass der Täter eine liebevolle Mutter gehabt habe), und ohne väterliche Identifikationsfigur aufgewachsen, deshalb womöglich impotent oder homosexuell (Streckle stufte den Täter als das Übliche, nämlich heterosexuell, ein). Weiter gab die Psychologin eine Fülle von Vermutungen ab, alles in Psychologen-Deutsch, also schlicht unverständlich. Kein Mensch konnte aus diesem psychologischen Täterprofil einen handfesten Hinweis auf die mutmaßliche Gesellschaftsgruppe ableiten, in der der Täter aufgewachsen war oder sich noch befand. Streckle begriff nicht, dass Fersehserien wie „Für alle Fälle Fitz" so beliebt waren und die Illusion vermitteln konnten, ein Psychologe könne der Polizei wirklich von Nutzen sein. Niemals, nicht ein einziges Mal in den letzten zehn Jahren, hatte ein Polizeipsychologe recht gehabt. Streckle hatte „Für alle Fälle Fitz" nur einmal angeschaut, auf Drängen seiner Fau, die meinte, ein bisschen Fortschritt könne seiner Arbeitsweise nicht schaden, und es für puren Quatsch gehalten. Dabei war der Fernsehpsychologe ein gestandener Mann von über vierzig und nicht ein Teenager wie diese rothaarige Stuttgarterin.

Streckle schüttelte den Kopf. Alles vergebliche Liebesmüh, alles Schau und nichts dahinter. So konnte man keinen Frauenmörder fangen. Ein Serientäter wie dieser würde sich bei einer Tat verraten, früher oder später, und dann geschnappt werden. Das war die schlichte und grausame Wahrheit. Streckle wüde sich eher die Zunge abbeißen, als diese Wahrheit auszusprechen, denn dies käme einer Bankrotterklärung des gesamten Polizeisystems gleich. Aber tief im Inneren wusste er es und manchmal hatte er den Eindruck, auch seine Mitarbeiter wussten es, so sehr sie auch engagiert waren und Ideen produzierten, wer der Täter denn sei.

Steckle seufzte und merkte, dass um ihn wieder diese beredte Stille war. Mit seiner vernünftigen, leisen Stimme, die von Zeugen gewöhnlich als beruhigend, von seinen Mitarbeitern als tödlich langweilig empfunden wurde, gab er den Polizisten, was an Anweisungen zu geben war, nämlich so gut wie nichts. Die Streifenleute sollten die

4

Augen offenhalten, besonders nachts, und auf verdächtige Personen achten. Also nichts anderes tun, als sie jede Nacht taten.

Polizeiobermeister Rossi hatte nichts anderes erwartet von dieser Sondersitzung, aber er ärgerte sich über die vertane halbe Stunde, in der er viel Nützlicheres hätte erledigen können. Marco Rossi war neununddreißig und damit der älteste unter den Bereitschafspolizisten. Normalerweise hätte er längst in den Innendienst wechseln sollen, aber Rossi war der Außendienst lieber. Er scheute nicht den Schichtdienst und die Bereitschaften an Sonn- und Feiertagen. Rossi übernahm gern die unbeliebte Weihnachtsschicht, denn Rossi war geschieden. Seine Frau hatte ihn vor drei Jahren mit den beiden Kindern verlassen, weil sie sich in einen Amerikaner verliebt hatte, und lebte jetzt mit ihrer neuen Liebe in den USA. Rossi hatte seine Kinder nach der Scheidung nur noch einmal gesehen, denn er konnte sich die Reise nach Kalifornien nicht oft leisten, und seine Kinder besuchten ihn nie.
Rossi hatte einen italienischen Namen und durchweg italienische Vorfahren, aber er war in Esslingen geboren. Als Marco mit sechs Jahren in die Schule kam, hatte er von einem Tag auf den anderen beschlossen, Schwabe zu werden. Er hörte auf, Italienisch zu sprechen, sich mit Italienern zu umgeben und sogar Italienisch zu denken. Seine Eltern und Geschwister konnten ihn auf Italienisch ansprechen, aber sie bekamen deutsche Antworten. Polizeiobermeister Rossi war Schwabe, und wäre nicht sein Nachname gewesen, so wäre an dem blonden, schnauzbärtigen, mittelgroßen Mann –denn seine Familie stammte aus Norditalien- nichts aufgefallen, was ihn von den zahlreichen einheimischen Marco Häberle, Marco Eisele oder Marco Raible unterschied.

Rossi lebte in einem Ein-Zimmer-Apartement, das er mied, solange er konnte. Alle Arbeit war ihm recht, wenn er nur nicht in seiner Bude sitzen musste, wo er nicht wusste, was er tun sollte. Rossi hatte sein Leben lang in einer Familie gelebt, zuerst in seiner Herkunftsfamilie, dann in seiner eigenen, sodass er ein Leben als Single gar nicht kannnte. Nachdem er sich im ersten Jahr nach der Scheidung immer wieder gefragt hatte, wozu er überhaupt noch lebte, war er dazu übergegangen, sich als Versager und Feigling zu sehen, der anderen vorführen sollte, was aus einem wurde, der seiner Frau vertraute und sich für seine Kinder aufopferte. Er fühlte sich als tragisch-lächerliche Figur und merkte, dass auch andere ihn so sahen. Sein Chef und seine Kollegen behandelten ihn mit einer Mischung aus Mitleid und Verachtung, und darauf gab es keine angemessene Reaktion.

Was Rossi am meisten wunderte, wenn er allein zuhause saß oder allein auf Beobachtung saß, war, dass seine Lust auf Frauen vollkommen verschwunden war. Wenn seine Kollegen über die Kolleginnen pornografische Witze rissen und mit brutalen und verächtlichen Worten um sich warfen, verstummte er. Weder hasste er Frauen, noch war er scharf auf sie. Er hatte aufgehört zu begehren und dieser Mangel an Gefühl erschreckte ihn mehr als er sich eingestehen wollte. Über Nacht war er impotent, ja frigide geworden. Er war sexuell so verwirrt, dass er nicht wusste, ob er im Grunde homosexuell war und es nur sein Leben lang unterdrückt hatte.

Die heftigsten Witze wurden über eine neue Kollegin gerissen, so wie immer die Neuen den größten Spott zu ertragen hatten.Warum die Neuen traditionell bekämpft wurden, wurde in der Polizei ebensowenig in Frage gestellt wie der männlich-bestimmende Führungsstil überhaupt. Er war ein Überbleibsel aus der militärischen Anfangszeit der Polizei, und wenn er auch in der Gegenwart mehr hinderlich als nützlich war, so bedurfte es doch eindeutiger Bemühungen, ihn abzuschaffen, und diese Bemühungen gab es nicht.

Die Neue war nicht übel, fand Rossi, als er sie bei der langweiligen Besprechung betrachtete. Sie war ein pummeliges junges Mädchen, betont unattraktiv, und machte selten den Mund auf. Von ihren männlichen Kollegen hielt sie sich auf eine Art fern, die vermuten ließ, dass sie nicht allzuviel vom männlichen Geschlecht hielt. Rossi betrachtete die mittelgroße junge Frau, deren Hüfte ohne Verengung in die Taille überging, die in der kackbraunen Uniform völlig blass aussah und ihr dunkles Haar in einen Knoten zusammengedreht und festgesteckt hatte.

Evelyn Unger, so hieß sie, hatte eine helle Haut, die im Kontrast zu ihrem dunklen Haar stand und sie fast krank aussehen ließ. Ihre Augen waren braun und ihr Mund hatte volle blasse Lippen. Da das Haar zurückgenommen war, konnte man ihren schlanken Nacken und ihre zierlichen Ohren sehen, die irgendwie nicht zu dem fülligen Köper passten. Rossi erschrak, als ihm jemand den Ellenbogen in die Rippen stieß.

„Bist wohl geil auf sie?" raunte sein Kollege Breitmann, der die verächtlichsten Witze kannte, und nun grinste.

Rossi musste einen Ekel unterdrücken, als er dessen kahlrasieren Schädel sah, und zischte „Halt's Maul, du Arschloch." Breitmann grinste breiter. Sein Frauenhass war bekannt. Was auch jeder wusste, aber keiner wissen wollte, war, dass Breitmann Neonazi war und regelmäßig an den Treffen und Übungen der Gruppe teilnahm. Horst Breitmann hatte die Schrankfigur und den groben, ungeschlachten Schädel, den man in Kriegsfilmen gern bei SS-Leuten sah. Rossi spürte seinen Zorn auf diesen Kollegen wachsen und wandte sich ab, um ihm nicht aus einem Impuls heraus ins Gesicht zu schlagen.

++++

7

Nachdem Streckle die Sitzung beendet hatte, packte er zusammen, denn es war spät geworden, und fuhr mit dem Bus nach Hause. Das war das Schöne an einer kleinen Kreisstadt wie Esslingen. Es gab keine großen Entfernungen. Er stieg nach einer Viertelstunde aus und ging noch hundert Meter zu Fuß zu seinem Häuschen am Stadtrand.

Die ehemalige freie und Reichsstadt Esslingen am Neckar grenzte im Nordwesten an die baden-württembergische Landeshauptstadt Stuttgart und war viel älter als diese. Esslingen lag in der alten Zeit an der Salzstraße, einem der wenigen bedeutenden Handelswege in Europa. Hier gab es die einzige Brücke über den Neckar und Esslingen scheute sich nicht, sich einen saftigen Brückenzoll von den Handelsreisenden zahlen zu lassen. Seine Blütezeit im Mittelalter gründete auf dem Wein, angebaut an den Hügeln, die östlich des Neckars steil zu diesem abfielen. Die Gesamtanbaufläche betrug ein 14-Faches derer heutzutage. Es gab etliche Klöster und Kirchen in der Reichsstadt und Pfleghöfe von bedeutenden deutschen Klöstern der damaligen Zeit. Diese Höfe waren Häuser, heute würde man sagen Filialen, in denen Esslingens Exportschlager, der Wein, gehortet und ins Ausland transportiert wurde. So war Esslingen umschwärmt, beliebt und bevorzugt gewesen und es war ein kurzer und bitterer Weg gewesen in die relative Bedeutungslosigkeit, die es nun neben Stuttgart hatte.
Dem Unwillen der Stadtväter und –mütter zu extensiver Werbung war es zu verdanken, dass Esslingen als Touristikort kaum bekannt war, und so bekamen nur wenige verirrte Fremde die unverändert erhaltene grandiose Innenstadt mit ihrer Fülle von Fachwerkhäusern, mit ihrem atemberaubend renovierten bemalten Rathaus, ihren gepflasterten schattigen Plätzen und den verschlungenen, zum Teil überbrückten Neckarkanälen zu sehen, die man außerhalb von

Rothenburg ob der Tauber nicht in Süddeutschland vermuten würde. Die Innenstadt war unterhöhlt von Deutschlands ältester Sektkellerei und nur wenige wussten, dass hier unter dem Namen Sekt der beste Champagner gekellert wurde, den man außerhalb – manche meinen, auch innerhalb- der Champagne trinken konnte.

Esslingen hatte im Advent einen originalen mittelalterlichen Weihnachtsmarkt, der nachts lediglich von offenen Kohlefeuern in Eisenbecken beleuchtet wurde. Wachhunde strichen frei um die mit Stoffplanen bedeckten Holzstände. Man ging auf stohbedecktem Kopfsteinpflaster und atmete den Geruch des Strohs, des offenen Feuers und des zimtenen Glühweins und süßen Schmalzgebäcks ein. In gewebte Tuche gekleidete Händler und Händlerinnen boten ihre Ware in einem altertümlichen Deutsch feil, Schwertmacher zeigten im flackernden Schein der Feuer ihre Waffen, Musikanten durchbrachen die nächtliche Stille mit ihrem Spiel und Weinsieder bereiteten den gewürzten, dampfenden Wein zu.

Im Sommer gab es das traditionelle Zwiebelfest auf dem historischen Marktplatz im Schatten der Dionysius-Kirche, ein Ess- und Trinkfest unter freiem Himmel, wie es die Schwaben lieben. Das Zwiebelfest hieß so nach dem Spitznamen der Esslinger, die Zwiebler gerufen wurden. Zu diesem Spitznamen kamen sie angeblich im Mittelalter so: Der Teufel ging, um menschliche Beute für sein höllisches Reich zu fangen, durch die Lande und kam so in die Reichsstadt Esslingen. Er strich als Reisender verkleidet durch die Sträßchen und suchte Dumme, die er für sich rumkriegen konnte. Da kam er an den Marktplatz und es war an diesem Tag Markttag in Esslingen. Wie einladend leuchteten die Äpfel auf den Markttischen, so rotwangig und prall! Dem Teufel lief das Wasser im Mund zusammen, denn es war ein heißer Tag und er hatte lange nicht gevespert.

„Bitte, gebt mir doch einen eurer Äpfel, gute Frau", sagte er zu der Marktfrau. Diese hatte den sich nähernden Kunden längst gemustert. Sie hatte den unter dem Umhang hervorlugenden Pferdefuß bemerkt und einen Hauch Höllenschwefel gerochen. Warte nur, dachte sie, dir geb ich's. Laut sagte sie „Bitte schön, mein Herr", und reichte dienstfertig dem Teufel die Frucht. Dieser biss gierig hinein. Es war aber kein Apfel, sondern eine große Zwiebel, und wer einmal eine Esslinger Zwiebel gekostet hat, dem tränen allein bei dem Gedanken daran die Augen. Der Teufel spuckte und prustete, die Augen gingen ihm über, er machte kehrt und bockte und galoppierte aus Esslingen hinaus wie der Leibhaftige, der er ja war. So war es einer wiefen Frau zu verdanken, dass Esslingen fortan vom Teufel verschont wurde, und die Esslinger hatten ihren Spitznamen weg.

Seit kurzem veranstalteten die Esslinger einmal jährlich das Bürgerfest in der gesamten Innenstadt mit Essen und Trinken und Musik. Hier wurde deutlich, wie viele Menschen hier lebten, die keine generationenübergreifenden Esslinger Vorfahren hatten. Man sah Stände der Griechen, Türken, Italiener, Kroaten, Russen, Rumänen, Ungarn und anderer Herkunftsländer. Griechen führten auf der Tribüne Volkstänze auf, Türken tanzten in Schlangen über den Marktplatz und man konnte an einer Ecke live Rockmusik, an einer anderen indische Meditationsmusik und an einer dritten Ecke Rapmusic mit Judovorführungen erleben. Ganz Esslingen war auf den Beinen und nie gab es für so wenig Geld so köstliche Schisch Kebabi und Lahmacun, Souvlaki und Baklava zu kaufen wie auf dem Bürgerfest.

Esslingens Widerwille, sich als die Perle darzustellen, die es war, war also schwer zu verstehen, aber das hatte den

Vorteil, dass die Esslinger unter sich blieben und das Ihre selbst genossen, und offenbar reichte ihnen das.

++++

Streckles Frau kam in die Diele, als sie ihren Mann kommen hörte, und küsste ihn.

„Hallo, Schätzchen", sagte sie fröhlich. Irene Streckle war eine energische Frau Mitte Vierzig, sah aber zehn Jahre jünger aus. Sie war angelernte Informatikerin und arbeitete als Programmiererin in einer Großbank in Stuttgart, teils aber auch an ihrem Computer zu Hause. Aus irgendeinem Grund, der nie in Frage gestellt worden war, erzählte immer seine Frau als erste, wie ihr Tag verlaufen war.

„Ich habe eine wichtige Sache in Java fertiggemacht", begann sie befriedigt, und er wusste, dass die Aktion erfolgreich verlaufen war.

Streckle hatte keinerlei Interesse an Computern und beherrschte seinen PC im Büro nur soweit, wie es für die Arbeit nötig war. Er hatte nie die Aufregung verspürt, die andere überkam, wenn sie etwas Neues im Programm entdeckten oder einen Arbeitsschritt zum erstenmal ohne Pannen ausführen konnten. Er spielte keine Spiele auf dem Computer und versendete keine E-mails. Tapfer lauschte er dem Erlebnisbericht seiner Frau und bemühte sich, nicht zu gähnen. In der ersten Zeit, als seine Frau begann, sich für Computerarbeit zu interessieren, fing er automatisch an zu gähnen, sobald sie erzählte. Es war wie ein Zwang. Aber seine Frau hatte kein Verständnis dafür, zu Recht, wie er zugeben musste, und so kämpfte er gegen den Gähnzwang an. Es gelang ihm diesmal nur mit einem vorgetäuschten Kratzen am Kinn, aber er hoffte, seine Frau hätte es nicht bemerkt.

Müde gab er vor zuzuhören, ließ im Kopf jedoch noch einmal den Frauenmörderfall ablaufen. Irgendwann würde man den Mann schnappen, irgendwann. Er musste auch um seine Frau fürchten, solange dieser Kerl frei herumlief. Denn sie passte in die Opfergruppe: zwischen vierzig und fünfzig, verheiratet, Kinder aus dem Haus. Zwar war sie voll berufstätig, aber oft halbe Wochen zuhause, weil ihr Computer mit der Bank verbunden war.

„... natürlich nur, wenn du möchtest", endete seine Frau gerade und Streckle bemühte sich auszusehen, wie wenn er jedes Wort gehört hätte. Er antwortete mit einem „Natürlich, Liebling", das sie zufriedenzustellen schien. „Ich bringe gleich das Essen, ruh dich doch aus", sagte sie warm.

„Danke, Liebling", seufzte er und ging ins Schlafzimmer, um den Anzug aus- und seine Feierabendkleidung anzuziehen.

Klar, die Ehe sollte ein Austausch von Meinungen, Gefühlen und Ideen sein. Und nichts davon hatte in der letzten halben Stunde bei Streckles stattgefunden. Aber manchmal, dachte Streckle, ist die Ehe einfach das, was einem Leben Konstanz verlieh, was man als immer Gleiches zelebrierte, um den Halt nicht zu verlieren. Einigermaßen zuversichtlich begab er sich zu Tisch.

+++++

Angie Zimmermann räumte den Abendbrottisch ab und ihre Tante machte es sich im Fernsehsessel bequem. Sie würde das Millionenquiz anschauen, das hatte sie Angie bereits beim Frühstück verkündet. Es hieß sicher nicht Millionenquiz, sondern irgendwie anders, aber für Angie war alles gleich. Ein paar Menschen trafen sich in einem

Studio und benahmen sich möglichst blöd, um einen Geldgewinn einzuheimsen.

Welcher normale Erwachsene würde todernst Fragen beantworten zu Gebieten, die keinen Menschen wirklich interessieren konnten, wie lange vergangene Olympiaden und ihre Goldmedaillengewinner oder sogar die deutsche Politik der letzten fünfzig Jahre? Oder welcher Erwachsene würde allen Ernstes die Sendung mit der Maus auswendig lernen, alle Sendungen der letzten zwanzig oder dreißig Jahre, um dann in einer Quizshow fünf Melodien aus diesen unzähligen Sendungen zu erkennen? Angie kannte keinen, der das tun würde, aber die Antwort war klar: für Geld tun Menschen alles, aber auch wirklich alles.

Sie ging durchs Wohnzimmer auf die Terrasse, ließ ihre Tante mit dem Fernseher und den Geldgierigen allein und setzte sich in den Gartenstuhl. Apropos Geld. Morgen würde sie dem Gärtner siebenhundert Mark geben, weil er ihre marode Blautanne fällte.

Da stand der Baum, dreißig Jahre alt, wie der Gärtner vor einer Woche geschätzt hatte, als er den Baum besichtig hatte. Die Tanne war kränkelnd, seit Angie das Häuschen gekauft hatte, und das waren nun zehn Jahre. Es machte einfach keinen Spaß, einen ewig dürren Nadelbaum im Garten zu haben, noch dazu im Blickfeld des gemütlichsten Raumes im Haus, nämlich des Wohnzimmers, und noch dazu, wo sich seit dem Orkan Lothar im Jahre 1999 die Stürme mehrten. Eines Tages würde der schwache Baum umgeweht und fiele direkt aufs Haus. Die Nachbarin, deren zweijährigen Sohn Angie halbtags beteute, hatte ihr den Gärtner empfohlen.

„Er hat Muskeln und nicht zu wenig", hatte Tülin Pereira ihn bewundernd beschrieben, „Und es ist ein Vergnügen, ihn mit der Motorsäge arbeiten zu sehen."

13

Angie hatte ihn angerufen und er war gekommen, um sich den Baum anzusehen. Angie war vierundvierzig, groß und kräftig, aber er war wie ein Baum, einer der wenigen Männer, zu denen sie aufblicken musste, denn normalerweise genügten ihre 1,75 m, um einem Mann eben ins Gesicht zu schauen. Oft auch senkte sie den Kopf, um den Blick nicht über ihrem Gesprächspartner ins Leere schweifen zu lassen.

Der Gärtner kam mit dem Fahrrad und trug T-Shirt und Radlerhosen, was Angie einerseits verwirrte, weil sie bei einem professionellen Gärtner ein anderes Outfit und ein anderes Transportmittel erwartet hatte, was ihr andererseits aber auch Hoffnung gab. War dieser Mensch nämlich arbeitslos oder Hobbygärtner, so war er vermutlich billig, und das würde Angie, die unter chronischem Geldmangel litt, gut passen.

Angie hatte dem Mann, er hieß Edwin Bach, in ihrer geraden und entschiedenen Art erklärt, was sie von ihm wollte, und er hatte amüsiert gelächelt, aber nichts gesagt. Wegen der Hitze des Julitages oder vielleicht wegen der Hitze, die der Mann ausstrahlte, bot sie ihm Sprudel an, den er annahm. Sie gingen durchs Wohnzimmer in den Garten, wobei Angies Hündin ihn beschnupperte und für gut befand.

„Okay, Sandy", wies Angie die Hündin auf ihren Platz. Diese ließ sich seufzend fallen, Blickrichtung zu den Menschen, und legte ihr Kinn auf der rechten Vorderpfote ab. So sah die Retrieverhündin aus wie eine kritische Anstandsdame.

Der Gärtner hatte die Zweige der Tanne betrachtet. „Oft ist die Sitka-Laus die Ursache für eine dürre Blautanne. Aber hier sehe ich keine Laus."

14

„Die Tanne kränkelt seit Jahren", meinte Angie. „Sie hat auch überreiche Zapfen, was ja ein Zeichen ist, dass es ihr nicht gut geht."

Wieder lächelte der Gärtner ganz leicht, sagte aber nichts. Wie alt mochte er sein? Anfang dreißig vielleicht. Er hatte wirklich viele Muskeln, wie schon die Nachbarin prophezeit hatte. Hatte man solche Muskeln nur mit zwanzig oder noch mit vierzig? Angie bemerkte, dass ihr nichts an Muskeln lag und dass der Mann sich doch entschlossen hatte, zu antworten, obwohl er sich so viel Zeit ließ.

„Es gibt verschiedene Theorien", sagte er. „Manche meinen, dass die Bäume durch den Orkan Lothar einen Schock bekommen haben, sodass sie vermehrt aussamen. Und durch diese Anstrengung werden sie schwach und dürr."

Das war ein interessantes Argument, aber die Tanne war schon vor Lothar schwächlich gewesen.

Der Gärtner erklärte nun, wie sie den Baum fällen würden, offenbar hatte er Kollegen, wohin das Häckselgut kam und was mit dem Holz geschah, da Angie es nicht selbst verwerten konnte. „Das würde dann siebenhundertfünfzig Mark kosten", schloss er mit seiner bedächtigen, neutralen Stimme.

„Um Gottes willen!" entfuhr es Angie.

Der Gärtner blickte langsam von ihr zu dem Baum, ließ den Blick eine Weile auf einer Stelle ruhen und meinte dann „Oder sagen wir siebenhundert Mark."
„Okay", stimmte Angie zu. Sie hatte gehört, dass es teuer sei, einen Baum fällen zu lassen. Aber Geld war Geld, und es war nicht einzusehen, dass dieser Gärtner einen überhöhten Arbeitslohn beanspruchte.

„Wir können den Baum jetzt im Sommer fällen, wenn Sie von der Naturschutzbehörde eine Genehmigung bekommen", meinte er. Das sagte ihr zu. Nun hatte sie den Entschluss gefasst, da konnte man ebensogut sofort zur Tat schreiten. Er erklärte ihr, was sie tun müsse, und sie verblieben so, dass sie sich meldete, sobald sie die Fällgenehmigung hatte. Das war ein paar Tage später, und Bach konnte ihr den morgigen Tag als Fälltag zusagen.

Angie saß im Dunkeln, den fast vollen Mond und die zum Sterben verurteilte Tanne im Blick, und nahm Abschied von dem Baum. Vor zehn Jahren war sie in dieses Häuschen am Stadtrand eingezogen, hatte hier allein gelebt, mit wechselnden Freunden oder Liebhabern, bis sie vor zwei Jahren beschlossen hatte, die Männer aus ihrem Leben zu streichen. Sie war damals zweiundvierzig und fühlte sich nicht zu alt, aber zu müde für die ewig gleichen Beziehungsspiele. Lag es an ihr, dass sich alles wiederholte, oder gab es nur eine Sorte Männer, schwach, feige und arrogant? Sie hatte Schluss gemacht mit diesen Spielen, die sie verletzt hatten, und ihre Tante Rosa zu sich genommen. Das Häuschen war groß genug für eine Familie, aber da sich eine Familie nun mal nicht gründen ließ, wollte Angie nicht als ewiger Single wohnen bleiben, sondern sich ihr einziges Familienmitglied herholen. Die Entscheidung beider Frauen war gut gewesen. Sie vertrugen sich, gingen sich aus dem Weg und hatten einander doch. Rosa hatte darauf bestanden, einen Hund anzuschaffen, der die beiden Frauen beschützte, und so war Sandy zu ihnen gekommen. Sie hatten sie aus dem Esslinger Tierheim geholt und es war, wie wenn Sandy nur auf sie und sie nur auf Sandy gewartet hätten. Sie verstanden sich auf Anhieb. Sandy hielt nicht viel von ihrer Beschützeraufgabe. Sie liebte alle Besucher, bellte nie und hegte nur gegen ein Lebewesen eine Abneigung und zwar gegen eine weiße

Mischlingshündin, die sie auf Spaziergängen ab und zu trafen. Die Hündinnen tauschten dann gegenseitige Morddrohungen aus und Angie und der Besitzer der verfeindeten Hündin lächelten sich entschuldigend an und zogen ihren Hund in entgegengesetzte Richtungen weiter.

Angie sog den Duft des Gartens ein, die Rosen, die Eibenhecke, den Rasen, und stand mit einem letzten Blick auf die Tanne auf, um ins Haus zu gehen.

+++++

Der nächste Tag war ein Freitag und Rosa war bereits um sechs Uhr aufgestanden, um mit den Seniorinnen schwimmen zu gehen. Freitag war Schwimmtag und der einzige Tag, an dem Angie allein frühstückte, da sie erst um sieben Uhr aufstand, wenn Rosa schon weg war. Um 7.45 Uhr kam der Sohn der Nachbarin, den Angie bis 12.30 Uhr betreute. Anschließend würde sie sich zurechtmachen und auf Gutachtentour gehen. Angie war Ärztin, hatte sich auf Begutachtungen spezialisiert und fuhr zu bettlägrigen Menschen, die privat krankenversichert waren und von denen die Krankenkassen wissen wollten, wie es ihnen ging. Mit diesen Worten erklärte Angie Nicht-Ärzten ihre Arbeit. Bei Ärzten verwendete sie eine andere Formulierung, die kürzer, aber nur Insidern verständlich war. An ihrem Beruf lag es wohl, dass Angie fest und entschieden auftrat, und daran lag es wohl wiederum, dass sich nur schwache Männer zu ihr hingezogen fühlten. Es gab eben nichts ohne Preis in diesem Leben.

Angie erklärte Carlo, dem Sohn der Nachbarin Tülin Pereira, dass ihn heute ein besonderes Erlebnis erwartete. Er dürfe zuschauen, wie die große Tanne gefällt würde. Angie wusste, dass der Gärtner vom Fußweg her kommen würde und nicht von der Straße her. Direkt hinter den Gärten der Reihenhäuser verlief ein breiter, stabiler Fußweg und von einigen Gärten, wie auch von Angies Garten, führte eine Tür auf diesen Fußweg. Da die Tanne direkt neben der Tür stand, war der Zugang ideal. Zwar hatte Angie den Schlüssel zu dieser Tür verloren oder verlegt, aber der Gärtner hatte gemeint, dass sie das Schloss abschrauben würden. Sie hörte, wie zwei Autos vorfuhren und sah über den Heckenrand hinweg den Gärtner und noch einen Mann. Sie begrüßten Angie, und Bach kam um die Häuserreihe herum und durch Haus und Garten zur Gartentür, um sie mit seinem Partner Robert Kuhn abzumontieren. Bachs Bewegungen waren langsam und sparsam. Er schien ihr in seiner Arbeitshose und dem kurzärmligen T-Shirt noch muskulöser.

In weniger als zwanzig Sekunden hatten die Männer die Tür abgeschraubt und Bach trug die zwei Quadratmeter große massive Holztür wie ein Stück Pappe zur Seite.

Kuhn schnallte sich Steigeisen und Seile um und begann, den Baum zu besteigen. Angie nahm Carlo auf den Arm und schaute von der Terrasse aus zu. In fünfundvierzig Minuten hatte Kuhn den Baum gefällt und Bach gleichzeitig die Äste gehäckselt und auf dem Anhänger verstaut. Bach brachte ihr das Vogelhäuschen, das sie vor zehn Jahren aufgehängt hatte und in dem nie ein Vogel genistet hatte. Und später kam er mit einem Armvoll dürrer Äste zu ihr, in dem sich ein großes leeres Vogelnest befand. Das Elsternnest, erinnerte sich Angie.

Rosa hatte sie darauf aufmerksam gemacht, dass in der Tanne Elstern brüteten. Eines Tages, so wurde ihr erzählt, stießen Habichte auf das Nest herab, wohl um die Jungen zu packen, die vom Elsternpaar heftig verteidigt wurden. An dem Abend fand Angie unter der Tanne eine tote junge Elster und danach waren die Elstern weitergezogen.

18

Bach fragte sie, ob sie das Nest aufbewahren wolle. „Es ist schön", sagte Angie, „ich möchte es behalten." „Ja, es ist schön", meinte er und legte es ihr auf den Terrassentisch. Carlo bewunderte das Nest.

Als der Stamm bis auf einen zwei Meter hohen Stumpf abgesägt war, übernahm Bach den Rest. Er harkte die Wurzeln leicht bloß und sägte mit der Kettensäge die Wurzeln ab. Die Säge lag wie ein Spielzeug in seinen Händen. Er tippte den Stumpf an und er wackelte. Bach legte die Säge aus der Hand und stemmte sich gegen den Stamm. Angie schüttelte den Kopf. Niemals würde er den Stamm umkippen können. Er hatte doch nur die äußersten Wurzeln gekappt. Zunächst schien der Baum nicht zu wanken, aber dann brach er um. Mit einer dumpfen Erschütterung schlug er auf dem Boden auf. Bach nahm die Säge wieder, sägte in aller Ruhe noch ein paar waagerechte Scheiben ab und breitete dann die zuvor entfernte Erde wieder über dem Rest aus.

„So", sagte er lächelnd zu Angie, „jetzt sieht man nichts mehr."

Carlo riss sich von ihr los und kletterte auf den Stammstücken herum, die noch kreuz und quer lagen. Angie wusste nicht, was sie dazu veranlasste, aber sie hatte den plötzlichen Einfall, Carlo mit den Gärtnern zu fotografieren. Sie holte ihre Kamera, und die Männer spielten gutmütig mit und posierten mit dem aufgeregen Jungen vor dem erlegten Baum. Danach räumten sie auf, was im Wesentlichen Bach erledigte, da sein Partner sich mit Angie unterhielt.
Was Bach schwieg, das konnte der andere reden. So erfuhr Angie, während Bach methodisch die 1,50m langen Stammstücke umarmte, aufhob und zum Anhänger brachte, ohne jede Mühe und im ewig gleichen ruhigen Tempo, sie erfuhr, dass die beiden keine Gärtner,

sondern Holzfäller waren. Sie arbeiteten wohl erst seit kurzem zusammen, wobei Kuhn schon seit Jahrzehnten im Geschäft war.

Angie bemerkte, dass Bach einen kahlrasierten Schädel und dunkle Augen hatte. Der Schädel und der gestählte Körper erinnerten sie an etwas. An was nur? Diese kahle Perfektion. Natürlich. Unter Homosexuellen gab es dieses Aussehen. Jedenfalls hatte sie einmal einen homosexuellen Kollegen gehabt, der genau diese Mischung verkörpert hatte. Ohne Bedauern betrachtete sie den Holzfäller. Männer waren entweder schwach oder gar keine Männer. Ihr Welt- und Menschenbild kam durch dieses Exemplar bestimmt nicht ins Wanken.

Der Schmerz, mit dem sie die Tanne hatte sterben sehen, wich der Freude, als sie sah, um wieviel sich ihr Garten nun verbessert hatte. Sie hatte mehr Aussicht, alles war heller und auf die rasenlose, benadelte Fläche würde sie Rasensamen streuen und etliche Quadratmeter Gartenfläche dazubekommen.

Nachdem die Männer die Gartentüre wieder anmontiert und den Siebenhundert-Mark-Scheck kassiert hatten, fuhren sie weg. Angie kehrte die Gartenwege, die mit Holzstaub und Sägespänen bedeckt waren. Bald würde Rosa kommen und ihr den Jungen abnehmen, so dass Angie Zeit hatte, das Mittagessen zu kochen.

++++

Als dienstältestem Streifenpolizisten war es Rossis Aufgabe, den Dienstplan zu erstellen. Er teilte die Streifen ein, je zwei Polizisten in einem Auto oder zu Fuß. Das war eine schwierige Aufgabe, denn es gab so viele Antipathien in der Mannschaft, dass er es kaum jemandem recht machen konnte. Um Ärger zu vermeiden, fuhr er meist mit den Kotzbrocken, die keiner wollte, und das stank ihm manchmal gewaltig.

An einem schwülen Sonntagabend sollte er mit Steingruber los, einem gestressten jungen Familienvater, aber Steingruber rief an und krächzte, dass er die Sommergrippe habe und nicht arbeiten könne. Rossi blieb nichts anderes übrig, als die Neue anzurufen, denn sie stand auf der Bereitschaftsliste. Sie kam ohne Zeichen der Verärgerung, aber auch ohne Zeichen der Begeisterung, und so fuhren sie in der Abendschicht los. Die Hitze war bedrückend, die Luftfeuchtigkeit schien tropisch zu sein. Sicher würde es ein Gewitter geben.

Die Stuttgarter Gegend, zu der auch Esslingen zählte, war berühmt für ihre Gewitter. Man hatte hier die meisten Blitze in ganz Deutschland gezählt, 1800 pro Jahr, und jedes Jahr wurde mindestens ein Mensch vom Blitz getroffen und starb. Einmal spielten am Feierabend ein paar Männer auf dem Fußballplatz Fußball und standen danach kurz zusammen, um zu beratschlagen, in welche Wirtschaft sie zum Ausklang gehen sollten. Sie hatten zwar im Westen herannahende dunkle Wolken bemerkt, aber es regnete nicht. Da schlug der Blitz mitten unter sie ein und ein junger Mann fiel tot zu Boden. Es war der buchstäbliche Blitz aus heiterem Himmel gewesen. Ein anderes Mal wurden Wochenendausflügler von einem Gewitter überrascht. Sie hatten an der Katharinenlinde, einer alten Linde hoch oben am Weinberg bei Stuttgart-Rotenberg, ein Picknick gemacht und flüchteten vor dem Regen unter den Baum. Ein Blitz schlug ein und tötete einen türkischen Familienvater. In Esslingen gab es Gewitter von Februar bis November. Selbst Menschen, die Gewitter lieben und die rohe Gewalt der Natur bei Donnerschlägen schaudernd genießen, werden in Stuttgart oder Esslingen nüchtern. An den hiesigen Gewittern kann man sich eine Weile freuen, aber wenn man von getöteten Familienvätern und Kindern hört,

21

bekommt die Freude bald einen Nachgeschmack. Obwohl die Blitzgefahren in der Gegend hinlänglich bekannt waren, flüchteten die Menschen, die auf freiem Feld von einem Gewitter überrascht wurden, instinktiv unter große Bäume, und schon wieder gab es einen Toten, weil der Blitz in den Baum geschlagen hatte.

Rossi und Evelyn waren langsam durch die Innenstadt gefahren, bei offenen Fenstern, und hatten alles ruhig gefunden. Bei dieser Hitze neigten die Menschen dazu, zuviel Alkoholisches zu trinken, und es würde sicher wieder Betrunkene geben, die hinfielen und aus Platzwunden bluteten oder versuchten, sich gegenseitig den Schädel einzuschlagen. Der Sonntagabend war auch gut für Familienkrawalle jeder Art.

Rossi lenkte das Auto aus der Stadt und zu den Erholungsgebieten in Feld und Wald, wo man allmählich zusammenräumte und aufbrach, denn das Wochenende ging zu Ende. Im Wald war die Luft etwas frischer, aber dennoch lief ihnen der Schweiß herunter und klebten ihnen ihre Polizeihemden am Körper. Rossi und Evelyn hatten bisher kein Wort gewechselt, was Rossi angenehm war. Endlich gab es eine frische Brise und sie drehten automatisch den Kopf in die Richtung, aus der der kühle Wind gekommen war. Rossi hielt an. Im Westen baute sich eine schiefergraue Wolkenwand am Himmel auf. Das würde eine Bescherung geben.

„Am besten suchen wir uns einen Platz, wo wir stehen können, bis das Gewitter vorbei ist", sagte er mehr zu sich selbst als zu seiner Beifahrerin. Diese schien zu protestieren, denn sie zeigte auf etwas und sagte etwas, aber es ging unter in einem gewaltigen Donnerschlag. Es wurde dunkel, wie wenn eine schwarze Kulisse vor einen hellen Scheinwerfer geschoben würde, und Rossi schaltete das Licht ein.

„Was haben Sie gesagt?" fragte er Evelyn.

„Da vorn, auf dem Spielplatz", sagte Evelyn und zeigte wieder, „das sieht gefährlich aus. Der Junge da." Sie musste schreien, denn ein Brausen hatte begonnen, wie wenn sie direkt an einer Bahnlinie stünden und ein nicht endenwollender Güterzug an ihnen vorbeirauschte. Es regnete. Um sie herum hasteten Menschen mit Kühlboxen und Gartenstühlen zu ihren Autos und Rossi hatte die Scheibenwischer auf die höchste Stufe gestellt. Er fuhr langsam, denn die Menschen liefen direkt vor seine Räder, blind für alles. Evelyn öffnete die Tür und stieg aus. Sie kam zu Fuß schneller vorwärts.

Ein etwa dreijähriger, schwarzgelockter Junge hatte sich an einem Seil-Klettergerüst bis zur Spitze der improvisierten Pyramide hochgehangelt und saß nun da oben fest. Der Blick auf die Erde, die vier Meter unter ihm lag, machte ihn schwindlig, der Donner erschreckte ihn und der Platzregen behinderte ihn. Er heulte und hatte den Wunsch loszulassen, um endlich wieder bei Mutter Erde zu sein, wo er festen Boden unter den Füßen hatte und wegrennen konnte.

Evelyn hatte sein Dilemma mit einem Blick erkannt. Im Rennen rief sie ihm zu, aber er konnte sie nicht hören. Er hatte gerade beschlossen, sich fallenzulassen, als er sie unter sich sah, von Blitzen beleuchtet, im strömenden Regen stehend, und er erschrak so sehr, dass er wirklich losließ. Evelyn stand genau richtig und fing ihn auf. Sie taumelte von seinem Aufprall und weil sie von einem Blitz geblendet war, und stürzte, den Jungen in den Armen haltend. So fand Rossi die beiden und eine furchtbare Sekunde lang dachte er, sie seien beide tot, vom Blitz getroffen. Er packte Evelyn, die auf der Seite lag, den Jungen an sich gepresst, und da bewegten sie sich. Rossi atmete auf.

„Lieber Gott im Himmel", murmelte er, „ich danke dir."
Evelyn war ein wenig benommen, aber völlig in Ordnung, und der Junge heulte wieder und klammerte sich nun an Rossi.

„Kommt erst mal ins Trockene", rief er und half Evelyn auf. Sie suchten durch den Wolkenbruch ihren Weg zu der Ausflugsgaststätte, zu der der Spielplatz gehörte. Unter dem Vordach stand eine Menge Menschen dicht gedrängt und suchte Schutz vor dem Gewitter. Mit einem Aufschrei löste sich eine beleibte kleine Dame und rannte auf sie zu, den Jungen an sich reißend. Evelyn hörte einen Schwall Italienisch, schloss, dass diese Frau die Oma des Kleinen war, und als Rossi sein Italienisch hervorkramte und die Dame beruhigte, standen alle wieder unter dem schützenden Dach. Evelyn fühlte sich besser, als die Oma ihnen ein ums andere Mal dankte, und sobald der größte Wolkenbruch vorbei war, trennten sich Rossi und Evelyn von der Menge und rannten zu ihrem Wagen zurück.

„Puh", sagte Rossi, „jetzt fahren wir erst mal ins Quartier und besorgen uns trockene Klamotten."

Evelyn war wieder so stumm wie vor der Rettungsaktion, aber sie schien nicht mehr verschlossen zu sein, sondern ruhig und zufrieden. Als sie sich festschnallten, sah Rossi, dass sich ihr Haar gelöst hatte und in nassen Strähnen auf ihre Schultern fiel. Dadurch waren die Ohren und der Nacken nicht mehr zu sehen und das blasse dreieckige Gesicht erinnerte ihn an Frauen, die er in Kalifornien gesehen hatte und polynesischen Ursprungs waren. Auch sie waren füllig gewesen, ohne dick zu erscheinen. Sie hatten ihren Körper mit Würde getragen. Das tat Evelyn auch, dachte er. Sie hatte nicht den geduckten Nacken derer, die sich hässlich vorkamen, sondern die aufrechte

Haltung der polynesischen Frauen. Rossi wunderte sich.
Wie kam er dazu, über Frauen nachzudenken?

Es roch nach nassem Haar und nach nasser Kleidung in
dem Auto und er erschrak, als Evelyn sagte „Haben wir
noch fünf Minuten Zeit? Ich würde mir gern einen Kaffee
kaufen."

„Natürlich", sagte Rossi, „das ist eine gute Idee."
Sie fuhren ins Drive In des Burger King im Esslinger
Stadtteil Deizisau und holten sich nicht nur Kaffee,
sondern auch etwas zu essen. Rossi nahm zwei
Cheeseburger und Evelyn einen Salat mit Joghurt-
Dressing. Auf dem Parkplatz aßen sie schweigend. Dann
sagte Rossi „Der Junge fiel runter wie ein Stein."
„Ja, sagte Evelyn. Nach einer Pause sagte sie „Ich weiß
genau, wie er sich fühlte." Ihre Stimme war leise und
dunkel.
„Wie denn?" fragte Rossi.
„Wie jemand, dem es egal ist, ob er lebt oder stirbt", sagte
sie mit einer Bestimmtheit, die jede Diskussion verbat.
Rossi trank langsam seinen Kaffee leer. „Genau wie ich",
dachte er und dieser Gedanke tröstete ihn. Das war seine
Situation seit seiner Scheidung. Er hatte keine Ziele,
keine Interessen mehr. Lebte er weiter, war es recht.
Starb er, war es auch recht.
Evelyn legte den Kopf an die Nackenstütze und wärmte
ihre Hände am Kaffeebecher.
„Trotzdem", meinte sie, „ich bin froh, dass ich gerade da
war, als er sprang."
Rossi schaute in die Dunkelheit und den leichten Regen
hinaus. Er betrachtete die Autos, die mit hungrigen
Gästen kamen und mit gesättigten wegfuhren.
„Ich auch", sagte er. Er nahm ihre leeren Pappschachteln,
warf sie in den Mülleimer und startete das Auto, um ins
Quartier zu fahren.

++++++

In den nächsten Tagen geschah etwas Seltsames mit Angie. Sie bekam Edwin Bach nicht aus dem Kopf. Obwohl ihr nichts an ihm gefallen hatte und sie keinen Moment das prickelnde Gefühl gespürt hatte, mit dem jahrelang ein Verliebtsein oder Begehren begonnen hatte, war sie fasziniert von diesem Mann. Warum nur? Er hatte gar nichts Anziehendes. Imponierten ihr plötzlich Muskeln? Hoffentlich nicht. Wurde sie alt und wuchs ihr Sinn nach jungen Männern, die sie darüber hinwegtäuschen sollten, dass sie verblühte? Angie war zu dem Schluss gekommen, dass Bach anfang dreißig sein musste, also mindestens zehn Jahre jünger als sie. Er konnte sich für eine Fünfundzwanzigjährige interessieren, aber doch nicht für eine Vierundvierzigjährige. Angie sagte sich, dass er sich höchstwahrscheinlich nur für Männer interessierte, aber er ging ihr nicht aus dem Kopf. Seine Bedächtigkeit, seine Selbstkontrolle und sein Grenzen sprengender Körper machten sie neugierig auf diesen Mann.

Als sie Carlo mit den Holzfällern fotografiert hatte, hatte sie die erste Dummheit gemacht. Nun beschloss sie, die zweite Dummheit zu machen. Sie hatte die Fotos vom Geschäft abgeholt und nahm das eine, das zwei Männer und einen Jungen zeigte, in die Sonne blinzelnd, um sich herum die Holzstücke, und schickte es Bach mit einer kurzen Karte. So, dachte sie, als sie mit zitternden Fingern den Umschlag schloss und die Briefmarke aufklebte, jetzt soll das Schicksal seinen Lauf nehmen. Angie hatte nie Angst davor gehabt, Dummheiten zu machen. Sie wünschte sich nur, denselben Spaß dabei zu haben, den andere zu haben schienen. Irgendwie hatte sie jedesmal den kürzeren gezogen.

Bach meldete sich nicht auf die Karte und von Tag zu Tag wurde Angie nervöser. Als eine Woche vergangen war und noch eine, wurde sie ruhiger und kehrte zu ihrem sicheren Selbst zurück. Aus der Ferne betrachtet, war sie dankbar, dass in ihrem Leben alles beim alten blieb. Sie nahm das Elsternnest, das die ganze Zeit auf dem Terrassentisch geblieben war, wo Bach es hingelegt hatte, und räumte es weg.

+++++

Herbert Streckle hatte eine Sorge weniger. Der Frauenmörder hatte einen dritten Anschlag versucht, diesmal in Stuttgart-Untertürkheim, die Frau war aber mit dem Schrecken davongekommen. Sofort wurde Streckle der Fall von der Stuttgarter Kripo entzogen und nun vollständig in der Landeshauptstadt bearbeitet. Er war noch nicht mal anstandshalber um seine Meinung über den erneuten Anschlag gebeten worden. Er hatte die Akten nach Stuttgart geschickt und das war's.

Die angegriffene Frau hatte eine relativ gute Täterbeschreibung geliefert und es konnte nun nicht mehr lange dauern, bis man den Mörder fand. Als Tatwaffe hatte er diesmal ein Plastikseil genommen, alt und abgerissen, das er sicherlich auf der Straße gefunden hatte, wie auch seine früheren Tatwaffen. Demnach musste es sich um denselben Mann handeln, diesen Schluss konnte Streckle auch ohne Polizeipsychologen ziehen.
Streckle hatte auf Stuttgarter Anweisung ein Bewachungsteam zur Verfügung zu stellen, das auf einen Mann in der Cannstatter Straße in Esslingen angesetzt wurde, offenbar einer der drei Verdächtigen, auf die sich die Kripo konzentrierte. Streckle ließ eine Rund-um-die Uhr-Bewachung durch die besten Streifenpolizisten organisieren und regelmäßig nach Stuttgart berichten. Bisher war nichts dabei herausbekommen und wenn der Mörder nicht ganz dumm war, hatte er die Gegend längst verlassen.

„Verdammter Quatsch, das alles", murmelte er.

Sein Assistent Hoffmann war anderer Meinung und schwieg deshalb. Er hätte sich gern durch den Fall profiliert, aber dieser Langweiler Streckle hatte sich den saftigen Brocken einfach wegnehmen lassen. Er, Hoffmann, hatte bereits seine Versetzung nach Stuttgart beantragt. In Esslingen konnte er schwarz werden, ehe er befördert wurde.

++++

Angie war gerade dabei, zur Arbeit zu gehen, als Rosa sie ins Arbeitszimmer rief und ihr den Telefonhörer hinhielt. „Für dich", sagte sie. „Von der Versicherung."

Angie hatte den Anruf erwartet, denn sie musste die Krankenversicherung wegen einer formalen Unstimmigkeit sprechen.

„Ja, Zimmermann", meldete sie sich.
„Guten Tag, Frau Zimmermann", antwortete der Anrufer. Angie erkannte den Sachbearbeiter nicht, aber die wechselten ja ständig.
„Sie wollten mich sprechen wegen der Begutachtung letzte Woche?" fragte sie. Pause.
„Nein", sagte der Anrufer zögernd. „Hier ist Bach. Ich wollte mich für Ihre Karte und das Foto bedanken."
Angie traf es wie ein Schlag. Sie setzte sich. Bach! Der Holzfäller!

„Ich war zwei Wochen in Urlaub und habe Ihren Brief erst jetzt erhalten", fuhr er sachlich fort. Angie fühlte sich unwohl. Wie dumm es gewesen war, ihm das albene Foto zu schicken.
„Naja", stotterte sie, „ich dachte, Sie sollten das Foto haben, nachdem Sie schon drauf sind." Idiotin, sprach

28

eine Stimme in ihr. Dieser Meinung war wohl auch Bach, denn er erwiderte nichts darauf.

„Also, vielen Dank nochmal", wiederholte er und schien das Gespräch damit zu beenden.

Auf einmal wurde Angie traurig. Wenn das Gespräch damit beendet war, hatte es keinen Sinn gehabt. Sie wollte Bach sehen, das war der Sinn des Briefes. Er wollte sie anscheinend nicht sehen. Angie schluckte.

„Ich frage mich", sagte er gerade, „ob Sie mit mir einen Kaffee trinken würden." Angie holte Luft. „Ja. Doch, ich glaube schon, dass ich das möchte." Wieder sein Zögern. „Wann hätten Sie denn Zeit?" Sie einigten sich auf den Freitagabend. Angie legte auf und saß reglos da.

„Mußt du nicht zur Arbeit, Liebes?" ermahnte Rosa sie vom Flur. Natürlich. Angie stand auf, brachte ein Lächeln für ihre Tante zustande und ging zur Arbeit.

+++++

Evelyn richtete sich für das alljährliche Grillfest der Polizei. Sie hatte keine Lust hinzugehen und würde es nicht genießen. Aber sie hatte nachgedacht und war zu dem Entschluss gekommen, dass die kommenden Arbeitswochen für sie erträglicher wären, wenn sie dem Team dieses Zeichen der Verbundenheit gäbe. Evelyn war zuvor in Pforzheim beschäftigt gewesen und hatte es in der rüden Mannschaft nicht ausgehalten. Sie war weder mit dem groben Umgangston noch mit der ständigen Bevorzugung der männlichen Kollegen zurechtgekommen. Sie hatte nicht einen Beruf gelernt, der Recht und Gesetz schützte, um dann täglich Unrecht zu erleben. So hatte sie einen Schlußstrich gezogen und um Versetzung gebeten.

Ihre Freundin Mara war bei Evelyn für ein paar Tage zu Besuch und gab ihr gute Ratschläge, was sie anziehen solle. Das lenkte Mara von ihren eigenen Problemen ab. Mara hatte Zoff mit ihrer Lebensgefährtin und war zu Evelyn gereist, um sich auszuweinen und Abstand zu gewinnen.

Sie war eine kleine und zierliche Frau Ende Zwanzig, hatte kurze dunkle Haare und ein braungebranntes schmales Gesicht. Ihrer Haut sah man an, dass sie rauchte wie ein Schlot. Da Evelyns Wohnung rauchfreie Zone war, musste Mara die Tage auf dem winzigen Balkon verbingen, wo sie rauchen durfte, oder unter ständiger Gier nach der Zigarette in der Wohnung. Wenn sie sich mit Evelyn unterhielt oder wenn die aßen, stand Mara unter Suchtstress.

„Du kannst nichts Langärmliges anziehen, Evelyn", protestierte Mara, als Evelyn eine dunkelgrüne Seidenbluse hervorholte, die sie zu Jeans tragen wollte. „Du bist verückt! Bei der Hitze!"

Mara verdrängte ihre Lust auf die nächste Zigarette und ging zum Schlafzimmerschrank.

„Was ist damit?" fragte sie und zeigte Evelyn ein bodenlanges Batikkleid, das in Sand- und Brauntönen gehalten war, einen großzügigen Ausschnitt aufwies und ärmellos war.

„Jetzt bist du aber verrückt", sagte Evelyn, „ich werde mich doch nicht derartig den Wölfen zum Fraß vorwerfen." Sie drängte sich an der Freundin vorbei und wühlte in einem Stapel T-Shirts.

„Evelyn", sagte Mara ernst, „jetzt hör mir mal zu."Sie legte das Kleid aufs Bett und zog die Freundin ebenfalls aufs Bett.

„So geht das nicht", meinte sie und versuchte, in Evelyns abgewiesenes Gesicht zu blicken. „Ich verstehe, was du meinst. Aber du bist nun mal bei der Polizei und hast es überwiegend mit Macho-Männern zu tun. Es hat noch keiner Frau was genützt, ihre Weiblichkeit zu unterdrücken. Wenn du einen wichtigen Teil von dir verbirgst, merken die anderen sofort, dass du mit dir nicht im reinen bist. Sie wittern deine Schwäche und schlagen zu. Wenn du aber zu dir stehst und nichts verbirgst, wittern sie deine Stärke und halten sich zurück." Sie strich der Freundin das vom Duschen feuchte Haar hinters Ohr. „Hab keine Angst, meine Liebe," sagte sie mütterlich. „Wenn einer eine blöde Bemerkung macht oder zudringlich wird, erzählst du es mir und wir bringen ihn gemeinsam um." Evelyn musste gegen ihren Willen lachen. Ihre Bedenken erschienen ihr plötzlich übertrieben und theatralisch. Seufzend erhob sie sich. „Warum gibt es eigentlich nur Frauenmörder und nicht Männermörderinnen?" fragte sie nachdenklich. Sie nahm das Kleid in die Hand und sagte „Na schön. Du sollst deinen Willen haben."

Mara lächelte, sprang auf, rief „Ich bin gleich wieder da" und eilte auf den Balkon, um eine Zigarette zu rauchen.

Evelyn hatte übrigens nicht recht mit den Männermörderinnen, aber es sei ihr verziehen, weil sie noch nicht lange in Esslingen lebte. Eine berühmte Esslinger Mörderin war die Adlerwirtin, die 1597 ihr Unwesen trieb. In diesem Jahr wurde die Tübinger Universität nach Esslingen verlegt und blieb dort vier Jahre lang, solange die Pest in Tübingen wütete. Die Studenten suchten sich in Esslinger Gasthöfen und bei Esslinger Familien Unterkünfte, so auch im Gasthof zum goldenen Adler, in dem Agnes Steiderer die Wirtin war. Agnes war früh verwitwet, hatte aber als tüchtiges Weibsbild nicht nur zwei Buben großgezogen, die beide in

31

Tübingen studierten, sondern auch noch den Gasthof musterhaft weitergeführt. Ihre Buben, die der eine Theologie und der andere Recht studierten, waren beide 1596 an der Pest in Tübingen elendiglich gestorben. Die mütterliche Frau setzte deshalb vermehrt daran, es den überlebenden Studenten besonders gemütlich in ihrem Haus zu machen und sie mit guten Mahlzeiten zu verwöhnen. Es schien aber, als seien einige bereits mit der bösen Krankheit angesteckt gewesen, denn nacheinander starben fünf junge Männer, die sich jeweils in Krämpfen wanden und sich erbrachen, bis sie nichts mehr in sich hatten. Die Adlerwirtin hätte wohl noch lange so weitergemacht, wenn nicht ein pfiffiger Chemikus auf die Idee gekommen wäre, beim letzten Sterbenden das Erbochene chemisch zu untersuchen. Er fand Arsen. Die Wirtin gestand sofort. Sie hatte nicht verwunden, dass ihre Kinder sterben mussten, weil die Universität zu lange in der Pest ausgehalten hatte. So vergönnte sie es den gesunden Studenten nicht, mit dem Leben davonzukommen. Sie nahm den Ureilsspruch Tod mit dem Beil ohne Widerrede an und sagte auf dem Schafott, sie freue sich, nun bald mit Mann und Söhnen vereint zu sein.

Eine andere berühmte Mörderin war die schwarze Rita, eine Kurtisane aus dem 19. Jahrhundert. 1802 verlor Esslingen seinen Status als freie Reichsstadt und war fortan nicht mehr dem deutschen Kaiser, sondern dem württembergischen König untertan. Es war der entscheidende Schritt in die Unfreiheit und Abhängigkeit. Der württembergische König Friedrich ließ die Esslinger, die zäh gegen ihn gekämpft und verloren hatten, deutlich spüren, wer nun der Herr sei. So kam für Esslingen eine Zeit der Unterdrückung und Willkür, die für die Menschen schwer zu ertragen war. Die schwarze Rita hatte in ihren Gemächern am Wehrneckar guten Zulauf sowohl von den Einheimischen, als auch von den neuen Herren und war wegen ihres glänzenden schwarzen Haars, ihrer schwarzen Augen und ihrer üppigen Körperformen eine beliebte Geschäftsfrau. Da es in diesen Jahren nach 1802 in Esslingen oft drunter und drüber ging, fiel es zunächst nicht so auf, aber allmählich wurde den württembergischen Besetzern klar, dass sie einen stetigen Verlust an Soldaten erlitten. Alle paar Wochen oder Monate verschwand jemand, überwiegend von heute auf morgen, und wurde nicht mehr gefunden. Auch wenn man davon ausging, dass einige der Männer getürmt und spurlos in andere Städte verschwunden waren, wo sie nicht mehr als abhängiger Soldat, sondern als Bauer oder Handwerker zu leben gedachten, denn die Soldaten des württembergischen Heers wurden zwangseingezogen, so war dieser Schwund zahlenmäßig doch auffällig.

Dies ging so weiter die ganzen Jahre von Friedrichs Regierungszeit und erst unter dem nachfolgenden König Wilhelm I. wurde 1824 eine gütliche Übereinkunft mit Esslingen erzielt, die nicht mehr willkürlich und strafend war, sondern gerecht und annehmbar. Ab sofort hörten die geheimnisvollen Soldatenabgänge auf. Dennoch wäre wahrscheinlich niemand auf die Lösung des Rätsels gekommen, wenn nicht die schwarze Rita, nach 1824 in offensichtlichem Reichtum sich in die private Ehrbarkeit begebend, bei ihrem Tode im Jahr 1851 ein Testament hinterlassen hätte, in dem sie offengelegt hatte, dass sie von 1802 bis 1824 als mit ihrer Heimatstadt Esslingen verbundene Bürgerin alles getan habe, um die Schmach der württembergischen Besatzung zu mindern. So habe sie es für richtig gehalten, württembergische Kunden von Fall zu Fall verschwinden zu lassen, damit deren drückende Überzahl in Esslingen um ein weniges abnehme. Sie habe besonders eingebildeten und militärischen Kunden ein Schlafmittel ins Glas getan und sie aus dem Fenster befördet in den unmittelbar darunter fließenden Neckarkanal. Steine an den Füßen hätten die Herren da gehalten, wo sie hingehörten, nämlich vom Angesicht der Erde verbannt. Sie habe nicht Buch geführt über ihre Fensterstürze, aber so an die 110 bis 120

Mannen werden es wohl gewesen sein. Sie gehe ein in ihr göttliches Schicksal in dem Bewusstsein, Gott in dieser gottlosen Welt zum Recht verholfen zu haben. Ihr beträchtliches Barvermögen hinterließ sie dem Esslinger Bürgermeisteramt.

Überflüssig zu erwähnen, dass man an besagter Stelle im Wehrneckar zwar nicht hundert, aber etliche Gerippe gefunden hat, die die Geschichte der schwarzen Rita bestätigten.

Aber auch in neuerer Zeit wurde die Tradition der Männermörderinnen in Esslingen weitergeführt. So wurde 1985 eine Frau wegen zweifachen Mordes und einfachen versuchten Mordes an ihren Ehemännern verurteilt –sie hatte Ehemann Nr. 1 und 2 durch Gift umgebracht, wie sich beim Mordversuch am dritten Ehemann und durch Exhumierung der beiden früheren Ehemänner feststellen ließ. Motiv war, soweit man aus der verschlossenen zweieinhalbfachen Witwe herausbekommen konnte, eine nicht zu überwindende sexuelle Abneigung gegen Männer im Allgemeinen. Warum die Frau dennoch immer wieder geheiratet hatte, blieb letztendlich offen. Vermutet wurde der Wunsch nach materieller Unabhängigkeit.

1992 wurde eine Altenpflegerin festgenommen und des fünffachen Mordes überführt. Sie hatte ihr anvertraute alte und pflegebedürftige männliche Patienten durch gezielt falsche Infusionen getötet. Auf die Frage, warum sie nur Männer und keine Frauen umgebracht habe, antwortete sie auf Schwäbisch „Wisset Se, Männer send im Alder eifach zu u-asehlich. Des hen i nemme mit aschaue kenne." (zu Deutsch „Wissen sie, Männer sind im Alter einfach zu unansehnlich. Das konnte ich nicht mehr mitansehen."). Dieser Fall wurde in der Presse besonders hochgespielt, da er die Willkür der Mörderin geradezu beispielhaft zeigte.

Über die ganz alltäglichen Morde an Männern durch Ehefrauen, Schwiegertöchter und Geliebte schweigt die polizeiliche Statistik. Diese Taten kommen vor keinen Richter, werden sie doch nur von einigen wenigen Menschen bemerkt, die kein Interesse an Strafverfolgung haben: Ärzten, Pfarrern, Nachbarn, Kindern. Was geschen ist, ist geschehen. Ein Mord ist nicht rückgängig zu machen und auf irgendeine Art und Weise wird der Ermordete wohl auch Schuld an seinem Schicksal haben. So lautet meist das Alibi der Feigheit bei diesen unfreiwilligen Zeugen.

++++

Sie hatten sich in einem Biergarten in der Stadtmitte verabredet, und Bach saß schon da, als Angie kam. Er schaute zunächst in eine andere Richtung, aber als sie auf ihn zuging, blickte er sie an. Er lächelte und stand auf, um ihr die Hand zu geben. Er schien nicht mehr ganz so wuchtig zu sein und sie bemerkte, dass er tatsächlich graue Augen hatte und nicht braune, wie sie gedacht hatte. Ihr Traumbild rückte schnell in das reelle Bild und als die Korrektur beendet war, konnte sie etwas über das Wetter und den Biergarten sagen, wie schön es hier sei oder ähnliches. Angie schwor, dass es sie noch nie so erwischt hatte. Nie, auch nicht als Teenager, war sie dermaßen gefangen gewesen von einem Unbekannten.

Edwin Bach forschte in ihrem Gesicht und sagte „Ich hoffe, Sie waren zufrieden mit unserer Arbeit. Und ich hoffe, mein Partner hat Sie mit seinem Geschwätz nicht gelangweilt. Er redet gern, wissen Sie.“

„Es ist schön ohne den Baum“, sagte Angie, „und ich habe die freie Fläche mit Rasen eingesät, so dass ich viel mehr Platz habe. Und nein, Ihr Partner hat mich nicht gelangweilt. Aber er versteht es, andere für sich arbeiten zu lassen."

Bach lachte. „Ja, ich weiß. Aber ich arbeite gern. Und es ist einfacher, den Stamm allein zu tragen als zu zweit." Er winkte dem Kellner und bestellte für sie. Angie nahm ein Radler, er ein Apfelsaftschorle. Zu essen wählte sie Kässpätzle mit Salat und er einen Jägerbraten mit Kraut und Spätzle.

„Wie geht es Ihrem Sohn?", wollte er wissen. Angie stutzte.

„Sie meinen Carlo? Das ist nicht mein Sohn. Ich passe vomittags auf ihn auf, während seine Mutter arbeitet."

Das musste er erst verdauen. „Und die ältere Dame, die ich am Telefon gesprochen habe? Ist das auch nicht Ihre Mutter?" fragte er vorsichtig.

„Nein", lachte Angie, „das ist meine Tante." Seine Verwirrung amüsierte sie. „Sie haben ein völlig falsches Bild von mir, nicht wahr? Jetzt ist nur die Frage, ob Sie enttäuscht oder erleichtert sind." Das Sticheln machte ihr Spaß und ihre anfängliche Befangenheit war verschwunden.

Er hatte den Blick gesenkt, blickte ihr aber dann voll in die Augen und bekannte „Ich bin, glaube ich, erleichtert. Es ist nur so, dass ich mir nicht vorstellen konnte, wie eine Frau wie Sie nicht verheiratet oder Mutter oder zumindest geschieden sein könnte." Seine Gesichtsfarbe verdunkelte sich, die grauen Augen waren wie Rauchkristalle.

„Eine Frau wie ich?" wiederholte Angie leise.

„Ja. Ja, eine Frau wie Sie." Bach konnte es nicht erklären, was diese Frau interessant machte. Schon als er zum erstenmal ihr Haus betereten hatte, hatte er es bemerkt. Bei ihren ersten Worten war ihm klar gewesen, dass er auf auf eine Frau getroffen war, die er respektieren konnte, die sich ihm darstellte, wie sie war, und keine Lügen benutzte. Er hatte sich so hölzern verhalten, wie er es schon lange nicht mehr an sich gekannt hatte. Was konnte sie von ihm halten, Grobian, der er war, ungeschliffen und plump? Sein Körper war ihm eine Last. Wie kam es nur, dass er sich zu einem solchen Monstrum entwickelt hatte? Seine Finger waren klamm vor Festigkeit und seine Beine ließen sich kaum bewegen vor Muskeln. Da seine Schulter- und Nackenmuskeln wie Pakete um seinen Hals lagen, sah sein Kopf mit jeder Frisur albern aus, so dass er seine Haare eines Tages rasiert hatte. Er wollte keinen Versuch machen, an sich etwas zu beschönigen. Er war ein grober Klotz und damit basta.

Sie aber war eine bewegliche Frau, groß und kräftig, aber nicht dick. Er schätzte sie auf Ende dreißig, überwiegend weil ihre Haut glatt und elastisch aussah und ihre Bewegungen jugendlich wirkten. Er hatte auch die silbernen Haare im dunkelbraunen Schopf der Frau bemerkt und die schlanken Hände mit den unzähligen kleinen Fältchen, die ihn ahnen ließen, dass sie womöglich wesentlich älter war als er sie schätzte, aber das interessierte ihn nicht. Seit Jahren, seit dem Fiasko mit seiner Verlobten, war dies die erste Frau, die ihn interessierte.

Der Kellner brachte die Getränke und sie tranken und schwiegen.
Angie trug einen langen Fransenrock und ein ärmelloses T-Shirt. Darunter hatte sie einen BH, obwohl sie viel lieber ohne BH ging. Aber sie hatte den Eindruck gehabt, sie müsse ihre Brüste schützen. Er trug ein kurzärmliges

helles Hemd. Auf die Hosen hatte sie nicht geachtet. Seine Hände, mit denen er das Glas hielt, waren riesig. Die Nägel waren kurz und sauber. An den Handgelenken sah sie Schnittnarben, schwache silberne Linien, die ihr nur auffielen, weil sie als Ärztin auf alles achtete, was Hinweise auf Krankheiten ergab. Diese Schnitte konnten ein Versuch gewesen sein, sich die Pulsadern aufzuschneiden. Sie fröstelte. Bach fing ihren Blick auf, sagte aber nichts. Angie strich sich das halblange Haar zurück.

„Ich war nie verheiratet", antwortete sie auf seine unausgesprochene Frage. „Ich habe kein Glück mit Männern."

Bach nickte, als wenn dies ein Stichwort gewesen wäre. „Und ich habe kein Glück mit Frauen." Er griff nach seiner Geldbörse, blätterte fünfzig Mark auf den Tisch, griff leicht nach Angies Hand und sagte „Kommen Sie, wir gehen spazieren. Ich habe keinen Hunger. Sie?" Angie schüttelte den Kopf und stand auf.
Jetzt, da sie den Biergarten verließen, empfand sie es wie eine Befreiung. Sie traten auf die Pliensaustraße, eine Fußgängerzone, auf der jetzt am Feierabend einzelne Paare bummelten. Bach ergriff Angies Hand wieder und führte sie die Treppen hinunter zur Maille, einer Art Stadtpark, und am Wehr entlang zum Neckar. Angie fühlte sich wie ein kleines Mädchen an der Hand des Papas. Bach zog sie sanft auf eine geschützte Bank.

„Ich heiße Edwin", sagte er. Die Abendsonne schien ihm rotgolden ins Gesicht und er kniff die Augen zusammen. „Du heißt Angelika, nicht wahr?"

„Angie. Ich heiße Angie."

„Wie das Lied von den Rolling Stones?"

„Nein, das Lied heißt nach mir." Angie lachte, als er
ungläubig schaute.

„Du musst mich für ziemlich einfältig halten", meinte er
und blickte sie an.
Angie wurde ernst und sah in seine Augen. Mein Gott,
was für Augen hat dieser Mann. Wie Schüsseln, die so
voll von glänzendem Wasser sind, dass sie überlaufen.
Angies Herz klopfte. Sie legte die Hände leicht auf seine
Oberarme. Seine Haut glühte durch den Hemdstoff und
sie spürte seine Gänsehaut. Sie küsste ihn. Er saß
unbeweglich und erwiderte den Kuss nicht. Seine Augen
blickten unverwandt in ihre und als sie sich ihm wieder
näherte, um ihn zu küssen, hob er seine linke Hand zu
ihrem Kopf und berührte ihn leicht. Er drückte seinen
geschlossenen Mund auf ihren und öffnete seine Lippen,
um ihren Mund zu umfangen. Angie schloss die Augen. Er
gab ihren Mund kurz frei und legte wieder seine Lippen
auf ihre und wie auf ein geheimes Zeichen öffnete sie
genau dann den Mund, als er seinen öffnete. Seine Zunge
umschlang ihre kurz und strich beim Verlassen des
Mundes über die Innenseite ihrer Oberlippe. Angie atmete
aus. Ihr Herz klopfte so, dass es in ihrem Kopf wie
Schläge dröhnte. Edwin nahm ihren Kopf in beide Hände
und bedeckte ihre Augen und Wangen mit kleinen
Küssen. Als Angie richtig schwach wurde, küsste er sie
noch einmal auf den Mund und verabschiedete sich von
ihm. Er zog ihren Kopf an seine Wange und sie spürte
seinen schnellen Atem auf ihrer nackten Schulter. Einen
Arm ließ er ihren Rücken hinabgleiten. In seinem Kopf
fing die Frau an zu schreien. Sie schrie und schrie und er
sah das Blut und spürte Übelkeit und Panik. Edwin fing an
zu schwitzen. Er wusste nicht, ob er Angie eben gut oder
schlecht behandelt hatte. Er hätte sich besser
kontrollieren sollen und sie nicht beim ersten Treffen,
bereits nach einer halben Stunde küssen sollen. Was war
nur mit ihm los? Hatte er nichts gelernt aus der
Vergangenheit? Beherrschten ihn seine Gefühle immer

noch? Die Schreie in seinem Kopf gellten und hallten wider wie ein grausiges Echo.

Angie entzog sich ihm langsam und er ließ seine Hände sinken. Sein Kopf wurde wieder ruhig und die Angst wich. Angie konnte nicht sprechen. Die Abendsonne zog sich langsam hinter die Wolken zurück und Angie blickte in sein Gesicht und sah, dass er aufgewühlt war. Mit der schwindenden Sonne wich die Röte aus seinem Gesicht und er erschien ihr blass. „Es tut mir leid", sagte er schließlich. Angie schüttelte den Kopf. „Mir nicht", sagte sie. „Mir nicht."

Wenn sie in den folgenden Tagen an dieses Treffen dachte, wurde ihr jedesmal heiß und ihr Herz stolperte. Sie erkannte sich nicht wieder. Sie war wie in Trance. Edwin hatte sie von der Bank hochgezogen und sie waren weiterspaziert. Sie hatten nicht mehr viel gesprochen und er hatte sie in seinem Auto vor ihr Haus im Esslinger Stadtteil Weil gebracht. Sein Abschiedskuss war leicht und väterlich.

Als Angie zu ihrem Haus ging, nahm sie nicht wahr, dass Streckle, der in seinem Vorgarten stand, sie grüßte, kurz stutzte, da er keine Antwort erhielt, und Edwin beobachtete, der den Wagen wendete und wegfuhr. Streckle kratzte sich am nachdenklich am Kopf.

+++++

Esslingen-Weil hatte eine historische Vergangenheit als Klosteranlage. Es war ein Nonnenkloster gewesen und in einem der zahlreichen Kriege zwischen Esslingen und Stuttgart in den letzten Jahrhunderten zerstört worden. Dann hatte sich ein württembergischer König dieses Stück Neckartal unter den Nagel gerissen und dort ein Lustschlösschen bauen lassen. Weil die Wiesen grün waren und die umliegenden bewaldeten Hügel eine natürliche Grenze bildeten, hatte der König um das Schlösschen herum ein Gestüt errichtet. Die edlen

Araber, die aus Arabien importiert wurden und zu Rennpferden gezüchtet wurden, liefen auf der angrenzenden Rennbahn gegen internationale Konkurrenz. In der Rennsaison war Weil Anziehungspunkt für die Adeligen und Reichen, die Esslingens vornehme Gasthöfe und Hotels in Beschlag nahmen und zu einer willkommmenen Einnahmequelle wurden. Der herzogliche Nachfahr versuchte sich im 20. Jahrhundert weiter an der Pferdezucht, es war ihm aber das Geld ausgegangen oder die Lust, so dass das Gestüt zwischen den Weltkriegen verlegt wurde ins Landesgestüt Marbach auf der schwäbischen Alb, nicht zu verwechseln mit dem ebenfalls schwäbischen Marbach, in dem Friedrich Schiller geboren worden war.

Wegnamen wie „An der Rennbahn", das in ein Wohnhaus umgebaute Wettbüro und die von türkischen Mitbürgern bewohnten ehemaligen königlichen Pferdeställe zeugten heute von dieser ehrgeizigen Vergangenheit.

Grund und Boden der königlichen Domäne Weil waren immer noch großenteils im Besitz des jetzigen Herzogs von Württemberg. Er verpachtete alles, was sich nutzen ließ, auf Erbpachtbasis und hatte auch nichts dagegen, wenn ihm die Häuslesbesitzer nach und nach ihren Grund abkauften, um von der hohen Pacht loszukommen.

Angie war noch nicht soweit, sich ihren Grund und Boden kaufen zu können. Sie zahlte noch brav ihre Darlehensraten an die Bank und schimpfte alle halbe Jahre auf das Hofkameralamt, das die reichliche Erbpacht einzog und pünktlich alle fünf Jahre erhöhte.

Das Schlösschen war ebenfalls verkauft worden und hatte nach dem Krieg einem musizierenden Arzt gehört, der regelmäßig private Sommerkonzerte abhielt. Es war etwas ganz Besonderes, in den hohen, stuckverzierten und goldumrandeten Räumen zu sitzen, durch die zahlreichen, drei Meer hohen, französichen Terrassentüren den weitläufigen Garten zu sehen und dem Kammerkonzert zu lauschen. Wenn es gegen Abend dunkel wurde, begannen die üppigen Kronleuchter zu leuchten und das Licht brach sich in den Kristalltropfen. In der Pause ging man durch die Türen direkt auf die umlaufende Terrasse, die von einem in der Welt einmaligen verschlungenen Stahlbalkon, ebenfalls um das ganze Haus laufend, überdacht war. Man fühlte sich unter den Balkonträgern mit ihren weißlackierten Bögen und Ranken, neben den blühenden Rosenbüschen und riesigen alten Bäumen wie in einem anderen Jahrhundert. Man schlüfte seinen Mokka oder nippte an seinem Sektglas und fühlte sich elitär.

Danach hatte eine Tanzschule das Schlösschen bevölkert. Zweimal im Jahr, zum Frühlings- und Herbstball, waren alle Straßen in Weil zugeparkt und man konnte durch die unverhüllten Fenstertüren die Kronleuchter und die sich im Tanz bewegenden Menschen sehen.

So hatte dieses Haus viel Musik gehört und viel Schöngeistiges gesehen und war bestimmt erstaunt, als der nächste Besitzer eine Finanzberatung in den schönen Räumen aufzog, Kulisse lediglich, wie jedermann bald wusste, für das finanzielle Herz der Scientology, jener wohlhabenden Sekte, die Deutschlands Wirtschaft und Politik so trefflich in ihren Händen hielt. Es war ein Kommen und Gehen in dem Haus, sämtliche Straßen rundum waren von Montag bis Samstag und oft auch am Sonntag mit den Firmenautos, silbernen A-Klasse-Mercedessen mit dem Einheitskennzeichen 777, belegt und die Anwohner konnten schauen, wo sie ihre Autos parken konnten. Obwohl das Schloss unter Denkmalschutz stand, war es dem Besitzer neuesten Gerüchten zufolge gelungen, einen Ausbau in Form eines futuristischen Glaswürfels, mehrere Stockwerke hoch, genehmigt zu bekommen. Kopfschütteln und Unmut gab es bei den Nachbarn, auch bei Streckles, Kaufmanns und

Pereiras, als dies bekannt wurde. Aber als Angie in einem schwachen Moment eines Abends den „Tatort" anschaute, der zufällig in Stuttgart spielte, und dort einen silbernen A-Klasse-Mercedes mit der Kennzeichenziffer 777 als Bewachungsfahrzeug der Bienzle-Mannschaft sah, wurde ihr klar, dass Scientology Manipulationen jeder Art durchführen konnte und offenbar auch durchführte. In diesem Moment konnte sie sich alles vorstellen, auch die Errichtung ganzer Bürofabriken direkt auf dem Naturschutzgebiet, das Weil umgab, und sie wurde zornig, weil es immer Menschen gab, die zerstörten, was andere beschlossen hatten zu schützen.

++++

Irene Streckle bemerkte an einem der Juliabende nicht nur, dass ihr Mann ihr nicht zuhörte, was nichts Neues war, denn er interessierte sich nun mal nicht für ihre Arbeit, das heißt für ihre Arbeit schon, aber nicht für die technischen Details, nein, sie merkte, dass er noch nicht mal vorgab zuzuhören. Er hatte einen besorgten, fast schon bekümmerten Ausdruck im Gesicht und schien völlig abwesend zu sein. Sie unterbrach ihren Tagesbericht.

Er blickte auf. „Entschuldige, Liebling", sagte er „ich bin mit dem Kopf ganz woanders." Er nahm ihre Hand, zog seine Frau zu sich sich auf den Schoß und küsste sie auf das Haar.

„Woran denkst du?" fragte sie. Streckle seufzte. Irene befreite sich sanft und setzte sich auf den Stuhl zurück.

„Was ist es? Etwas mit der Arbeit?"

Er nickte. Er kratzte sich am Kopf. „Am besten erzähle ich dir die ganze Geschichte", meinte er. Streckle hielt viel auf den Rat seiner Frau. Sie dachte viel systematischer als er und, wohl weil sie dreizehn Jahre jünger als er war, viel respektloser und direkter.

Er erzählte ihr von dem Frauenmörder, was sie zum großen Teil aus den Medien bereits wusste, und von dem Erlebnis, das er gerade gehabt hatte.

„Er brachte die Zimmermann nach Hause, weißt du, und küsste sie zum Abschied." Streckle seufzte. „Er könnte es sein."

Irene überlegte. „Warum zögerst du? Du könntest eine Fahndung herausgeben, den Mann und das Auto beschreiben, und ihn festnehmen lassen."

„Tja, und wenn es der falsche ist? Das möchte ich der Zimmermann nicht antun. Sie ist unsere Nachbarin."

Irene mochte die gleichaltrige Nachbarin, die zwei Häuser weiter wohnte. Sie machte kein Aufhebens um ihren Beruf und Titel, sondern war so freundlich und umgänglich wie Irene.

„Wenn er es aber ist, begehst du einen großen Fehler, wenn du ihn nicht festnehmen lässt."

„Das ist es ja", seufzte er. Er hoffte, dass seine Frau eine Idee hätte, mit der er beiden Möglichkeiten gerecht werden könnte.

„Vielleicht könntest du mit ihr reden, bevor du etwas Offizielles unternimmst", meinte sie. „Du könntest herausbekommen, wie es mit seinem Alibi steht. Wenn er zu den fraglichen Zeiten mit ihr zusammen war, kann er es nicht gewesen sein."

Natürlich. Das war die Lösung. Streckle lächelte, küsste seine Frau und stand auf. „Ich wusste, dass du eine Idee haben würdest", sagte er. Er ging zum Telefon, um Angie anzurufen und seinen Besuch anzukündigen.

Irene ging in die Küche und schaltete den Herd aus. Es würde sicher eine Weile dauern, bis ihr Mann heute zum Abendessen kam.

Streckle kam relativ rasch zurück. Er war um nichts klüger geworden. Angie hatte gar nicht begriffen, was er wollte, und er hatte nur soviel herausbekommen, dass sie den Kerl erst seit kurzem kannte und nichts über sein Verbleiben zu den Tatzeiten sagen konnte. Er hatte kein Wort über den Frauenmörder verloren, sondern ganz allgemein gesprochen und war froh, dass er diese Aufgabe so taktvoll erledigt hatte.

Zuhause rief er den Diensthabenden an, gab ihm Bachs Namen und Adresse durch und wies ihn an, den Mann rund um die Uhr zu bewachen. Diese Anordnung gäbe noch einen Kampf mit Stuttgart, das wusste er. Damit würde er sich aber am Montag auseinandersetzen. Jetzt kam erst mal das Wochenende.
Streckle merkte, dass er einen gewaltigen Hunger hatte, und freute sich auf das Abendessen.

+++++

Rosa fand ihre Hausgenossin unansprechbar und zog ihre eigenen Schlüsse. Das war nicht schwer. Angie hatte sich verabredet und es war klar, dass sie für den Mann, wer immer es auch sei, entflammt war. Rosa redete am Wochenende nur das Nötigste mit Angie.

„Ich möchte wissen, wie lange dieser Kerl noch frei herumläuft", murmelte Rosa über der Samstagszeitung.

45

Angie saß mit leerem Blick da, der Kaffee und das Toastbrot unberührt.

Rosa faltete die Zeitung zusammen.

„Sandy ist läufig", sagte sie.

Die auch, dachte Angie.

Rosa übernahm die Hausarbeit vorübergehend ganz, während Angie zuhause blieb und in die Luft stierte, und dafür schickte sie zweimal täglich Sandy mit Angie los, wohl wissend, dass die Hündin ihr Frauchen nach einem langen Spaziergang wohlbehalten wieder nach Hause bringen würde. Rosa hatte Angie noch nie verknallt gesehen. Aus ihrem langen Leben wusste sie aber, dass dieser Zustand vorüberging. Angie zuliebe hoffte sie, dass ihre Zuneigung erwidert wurde.

Am Sonntagmittag schaute Rosa fern. Um diese Zeit kam immer der Fernsehgarten mit einem Quiz, bei dem man Geld gewinnen konnte. Rosa wusste von Angies Geldknappheit und hätte ihr gern geholfen, wenn sie nicht selbst nur eine kleine Rente gehabt hätte. So suchte sie nach Gewinngelegenheiten, spielte leidenschaftlich Lotto und war stets auf der Suche nach dem Glück. Im Fernsehgartenquiz, gesponsort von der Süddeutschen Klassenlotterie, malte ein Kind ein Bild und beschrieb sein Bild mit seinen eigenen Worten, aber ohne das dargestelle Objekt zu nennen. Es war sehr schwer zu erkennen, weil das Kind noch klein war. Man musste nun raten, was der Gegenstand sein könnte. Dann wurde eine Telefonnummer eingeblendet, bei der man anrufen konnte. Rosa war sicher, dass das Kind einen Swimmingpool gemalt hatte, griff schnell zum Telefon und wählte die Nummer. Nach mehrmaligen Besetztversuchen kam sie durch. Eine automatische Stimme sagte ihr „Guten Tag, liebe Anruferin, lieber Anrufer. Diesmal haben Sie kein Glück bei unserem Quiz, aber vielleicht beim nächsten Mal. Bitte legen Sie nun auf." Rosa war enttäuscht, wollte aber noch nicht aufgeben. Sie rief erneut an. Nun hörte sie eine andere automatische Stimme.

„Guten Tag, liebe Anruferin, lieber Anrufer. Ihr Anruf wird registriert. Bitte geben Sie Name, Telefonnummer und Adresse an." Rosa tat brav, was verlangt wurde. Als sie gerade auflegen wollte, hörte sie die Stimme wieder. „Haben Sie etwas dagegen, wenn Sie in den nächsten Tagen von der Süddeutschen Klassenlotterie angerufen werden, die Ihnen nähere Informationen zum Gewinnen gibt? Wenn Sie einen Anruf möchten, dann sagen Sie jetzt Ja." Rosa spielte schon länger mit dem Gedanken, sich ein Klassenlos zuzulegen, war sich aber über einige Punkte noch unklar. Nun nahm sie das Angebot dankbar an und sagte folgsam „Ja".

Ein paar Tage später rief eine Frau an.
„Guten Tag, Frau Zimmermann", sagte sie mit professioneller Stimme, „beim Fernsehgarten haben Sie leider kein Glück gehabt im SKL-Quiz. Aber Sie hatten nichts dgegen, dass ich Sie anrufe. Für welches Los entscheiden Sie sich?" Rosa war verblüfft.
„Moment mal", sagte sie, „Zunächst möchte ich Informationen. Ich habe mir ja schon länger die Angebote der SKL angeschaut, auch bei den Postwurfsendungen, und wollte immer ein Los haben, war mir aber nicht schlüssig. Deshalb habe ich bei meinem Anruf ja gesagt."

Frau: „Welche Fragen haben Sie?"
Rosa: „Mich würde interessieren, welchen Unterschied es gibt zwischen der Firma Glöckle, die Ihre Lose verkauft, Ihnen, den Lottoannahmestellen oder anderen Veranstaltern."

Frau: „Ich rufe von der SKL an. Bei einem Losanteil haben Sie 55 % Gewinnchancen, bei 2 Losanteilen mit verschiedenen Endziffern haben Sie 81 % Gewinnchancen, bei 5 Losanteilen mit verschiedenen Endziffern haben Sie 98 % Gewinnchancen und bei 10 Losanteilen 100 %. Für welches Los entscheiden Sie sich?"

Rosa: „Ja, ich wollte gern wissen, welcher Unterschied da ist. Sind Sie billiger als die Anbieter über Post oder Glöckle oder was man sonst so bekommt?"

Frau. „Ein Losanteil kostet 25 DM pro Monat. Welches Los wollen Sie haben?"

Rosa: „Sie haben immer noch nicht auf meine Frage geantwortet. Welchen Unterschied gibt es, wenn ich bei anderen und wenn ich bei Ihnen kaufe?"

Frau: „Bei einem Losanteil haben Sie 55 % Gewinnchancen, bei 2 Losanteilen mit verschiedenen Endziffern haben Sie 81 % Gewinnchancen, bei 5 Losanteilen mit verschiedenen Endziffern haben Sie 98 % Gewinnchancen und bei 10 Losanteilen mit verschiedenen Endziffern 100 %. Für welches Los möchten Sie sich entscheiden?"

Rosa (verzweifelt): „Ich möchte gerne Informationen. Wo liegen die Unterschiede und welche Vorteile hat es, wenn ich bei Ihnen bestelle?"

Frau (ungeduldig): „Ich habe Sie jetzt ja über ihre Chancen informiert. Welches Los soll ich Ihnen jetzt reservieren?"

Rosa: „Sie haben ja meine Frage noch nicht beantwortet. Ich möchte nur wissen, was der Unterschied ist. Ist es denn billiger, bei Ihnen übers Telefon zu bestellen oder an der Lottoannahmestelle?"

Frau: „Ich könnte Ihnen unsere Broschüre ja einfach mal unverbindlich zuschicken. Vielleicht begreifen Sie es eher, wenn Sie es schwarz auf weiß sehen."

Rosa: „Ja, es wäre gut, wenn Sie mir die Informationen per Post schicken könnten. Da steht ja dann alles drauf.

Sind Sie denn direkt von SKL oder von Glöckle oder von wem?"

Frau: „Wollen Sie mich testen? Was soll das? Wollen Sie mich überprüfen? Es gibt ja so Leute. Wollen Sie sehen, was ich Ihnen hier antworte?"

Rosa (lachend): „Nein, ich will Sie überhaupt nicht testen. Ich will nur Informationen haben, denn ich möchte gern ein Los, aber vorher muß ich doch Bescheid wissen."

Frau (gereizt): „Ich habe Ihnen doch bereits alle Chancen aufgezählt. Für welches Los interessieren Sie sich denn jetzt?"

Rosa: „Ja, also, für ein ganzes und für ein halbes Los."

Frau: „Das geht ja gar nicht!"

Rosa: „Ja warum? Ich kann doch ein ganzes und ein halbes Los kaufen."

Frau: „Nein, das ist Blödsinn. Für welches Los entscheiden Sie sich denn jetzt? Ich habe Ihnen doch die Chancen der Lose mitgeteilt."

Rosa: „Wenn ich ein ganzes und ein halbes Los habe, habe ich doch mehr Chancen, als wenn ich nur ein Los hätte. Und die Gewinnquoten sind doch bei diesen Losen am höchsten."

Frau: „Machen Sie's doch, wie Sie wollen. Soll ich Ihnen die Informationen jetzt zuschicken?"

Rosa: „Ja, schicken Sie sie mir zu."

Frau: „Geben Sie mir Ihren Namen und Ihre Adresse."

Rosa: „Rosa Zimmermann, Klosterallee 14, 73733 Esslingen."

Frau: „Ihre Kontonummer?"

Rosa: „Warum wollen Sie meine Kontonummer?"

Frau: „Sie wollen doch ein Los kaufen. Welches Los soll ich nun notieren?"

Rosa: „Ich will bei Ihnen jetzt kein Los kaufen! Ich will diese Informationen haben!"

Frau: „Ja, dann muß ich aber Ihre Kontonummer haben."

Rosa: „Nein, meine Kontonummer gebe ich Ihnen nicht!"

Frau: „Zum...." Klick.

Rosa hielt den Hörer mit dem Auston in der Hand und sah, dass er schweißbedeckt war. Dies waren Momente, in denen sie zweifelte, ob zwei Menschen wirklich miteinander kommunizieren konnten oder ob nicht alles eitel Trug und Schein sei.

Nicht alles, entschied Rosa, aber genug, und legte den Hörer auf.
Die Informationen der SKL kamen nicht und Rosa beschloss, weiter Lotto zu spielen.

+++++

Edwin war noch schweigsamer als gewöhnlich und verbreitete eine Atmosphäre brütender Schwere. Sein Partner hatte ihn, seitdem sie zusammen arbeiteten, seit einem knappen Jahr, noch nicht so erlebt. Edwin hatte es fertiggebracht, einen Baum zu fällen, der unter Naturschutz stand und einen kranken Baum stehenzulassen, der gefällt werden sollte. Es gab ein großes Durcheinander und es erforderte Kuhns ganzes Geschick, daraus keinen allzu großen finanziellen Schaden entstehen zu lassen. Edwin war ihm unheimlich geworden, er war sogar unter den Sonderlingen der Holzfällergilde ein besonderer Kauz. Sein Urlaub schien ihm nicht gutgetan zu haben, denn er kam wie verwandelt wieder. Düster und unansprechbar.

+++++

Gleich am Montagmorgen machte sich Streckle daran, den Stuttgartern die Bewachung Bachs zu verkaufen. Es gelang ihm überaschend leicht, weil die Stuttgarter nun den Verdächtigen aus der Cannstatter Straße von ihrer Liste gestrichen hatten und froh waren, einen anderen Verdächtigen vorweisen zu können. Bachs Bewachung hatte nichts Auffälliges ergeben. Heute morgen war er

50

wohl in aller Frühe aufgebrochen zu seinem Forstbetrieb und hatte im Berkheimer Wald zu tun.

+++++

Am Dienstag nach jenem Freitag, an dem sie sich zum erstenmal getroffen hatten, hielt Angie es nicht mehr aus. Sie hatte nichts von Edwin gehört und sie musste ihn sprechen. Sie rief ihn an. Als er abnahm, war sie erleichtert.

„Können wir uns sehen?" fragte sie. Pause.
„Möchtest du das?" fragte er.
„Sonst würde ich nicht anrufen."

Sie verabredeten sich beim Berkheimer Sportplatz, von dem aus man auch im Wald spazierengehen konnte. Angie fuhr diesmal mit ihrem Wagen hin. Er wartete auf sie und ging ihr entgegen, als sie aus dem Auto ausstieg.

„Ich muß mit dir reden", sgte er.

Angie staunte über seine Veränderung. Sein Gesicht war voller Schatten. Seine Schultern erschienen ihr gebeugt und er machte insgesamt einen älteren Eindruck.

Sie gingen einen Weg am Wald entlang. Es war acht Uhr vorbei und der Abend war ruhig und friedlich. Ende Juli wurde es erst gegen zehn Uhr dunkel, so dass sie auf jeden Fall genügend Licht für eine längere Wanderung haben würden. Auf einem angrenzenden Blumenfeld mit Gladiolen und Sonnenblumen schritten langsam eine junge Frau und ihr Begleiter entlang und die Frau wies auf die Blumen, die ihr Freund schneiden sollte. Es war eine Blumen-Selbstbedienungsfeld und auf dem Schild stand „Gladiolen 1,- DM, Sonnenblumen 1.- DM. Bitte vor dem Mitnehmen zahlen!". Es standen Messer zum

Abschneiden zur Verfügung und da war eine Sparkasse in eine Tonne eingelassen, in die man das Geld warf. Die Frau trug einen leuchtend rotes T-Shirt, der Mann ein leuchtend orangenes und so sahen sie aus wie wandelnde Blumen, denn die Gladiolen hatten dasselbe Rot und Orange wie die Menschen, dazu noch gelb, weiß und dunkelrot.

Edwin räusperte sich. „Ich muß dir etwas erzählen über mich", sagte er, „Ich meine, über mich und die Frauen."

„Ich will es nicht hören." sagte Angie schnell.

„Du wirst es dir anhören", sagte er fest. „Du mußt es wissen."

„Das werde ich nicht", sagte Angie laut. „Es gibt nichts, was mich an deinen früheren Beziehungen interessieren könnte. Für mich zählt nur das Heute."

Er wollte protestieren, aber sie umfasste ihn schnell mit ihren Armen und drückte ihren Körper vom Kopf bis zu den Füßen an ihn. Es war für sie, wie wenn man einen von der Sonne erhitzten Fels umarmt.

Edwin sog scharf die Luft ein. Er wollte sich befreien, aber sie ließ es nicht zu, und er schreckte davor zurück, ihre Arme mit Gewalt zu lösen. Wie oft hatte er geträumt und mit welch schlechtem Gewissen, sie würde sich verlangend an ihn klammern.

„Ich will dich haben", flüsterte sie.

Lange blieben sie unbeweglich, bis er endlich ihre Arme löste und sie nachgab.

„Es geht nicht", sagte er. „ich habe nichts dabei." Ohne Kondom lief bei ihm nichts, soviel stand fest.

„Ich habe etwas dabei", sagte sie.

Er sah hinunter in ihr Gesicht, fuhr ihre Augenbrauen nach und strich über ihre breiten Backenknochen und die ebenmäßigen Wangen. Ihre Wangen waren gerötet, ihre Augen eine einzige Bitte. So hatte ihn noch kein Mädchen angesehen, das konnte er schwören.

Er drehte den Kopf Richtung Wald, überlegte und sagte „Komm".

Er führte sie ein Stück hinein, bis sie auf einen Pfad kamen, der zu einer umzäunten Hütte mit Anbauten führte. Edwin schien sich auszukennen und stieg an einer Stelle über den Zaun, zeigte Angie, wie sie steigen solle, und hob sie zu sich. Er nahm sie wieder an der Hand und schlüpfte mit ihr in einen Holzschuppen, der neu aussah und würzig nach Holz roch. Er enthielt einige ordentliche Stapel gespaltenes Holz und ein paar Hackklötze. An der Wand hingen Äxte unterschiedlicher Größe, Seilbündel und zwei Motorsägen.
„Du kannst jederzeit nein sagen", sagte er sachlich.

„Du auch", meinte sie. Er stutzte und nickte.

Er fasste neben einen Holzstapel und zog ein paar Säcke hervor, die er auf dem mit Sägemehl bedeckten Lehmboden ausbreitete. Dann wartete er.
Angie ging zu ihm und umarmte ihn. Ihr Verlangen war verschwunden und einer seltsamen Unsicherheit gewichen. Ihr wurde bewusst, dass sie den Mann, auf den sie tagelang so scharf gewesen war, so gut wie nicht kannte. Woher nahm sie nur den Mut, mit ihm schlafen zu wollen? War es nicht eher verrückt als mutig? Als sie das Kondom eingepackt hatte, Überbleibsel aus Zeiten mit unglücklichen Beziehungen, hatte sie ein Triumphgefühl

verspürt. Dieses Gefühl war inzwischen vollkommen verflogen.

Er bückte sich leicht in ihrer Umarmung und schlang seine Arme um ihre Hüfte. Sie fühlte sich hochgehoben und auf seinen Schoß gesetzt, während er auf einem Hackklotz Platz nahm. Er achtete darauf, dass sie quer auf seinem Schoß saß, ihre Beine geschlossen waren und ihr Rock ordentlich darüberfiel. Angie lächelte. Er lächelte zurück.

„So ein grober Klotz bin ich nun auch wieder nicht", meinte er.

Angie verstand plötzlich, dass er ein bestimmtes Bild von sich hatte, und nach diesem Bild ein grober, brutaler und dummer Kerl sein müsse.

„Du bist der feinfühligste Mensch, den ich kenne." sagte sie.

„Und du machst Witze." Seine Stimme war spöttisch. Er verzog den Mund, wie wenn er plötzlich etwas Bitteres geschmeckt hätte.

„Ich mache keine Witze, ich meine es so, wie ich es sage." sagte sie ruhig.

Edwin einnerte sich, wie ihre Ehrlichkeit sein erster Eindruck von ihr gewesen war. Aber täuschten sich nicht gerade ehrliche Menschen am häufigsten? Kein Mensch hatte ihn bisher feinfühlig genannt. Es war, wie wenn allein das Wort eine Tür in ihm aufstoßen würde und er durch die Tür in neue Räume gehen würde, in unbekannte Welten in ihm.

Angie hatte noch nie einen Mann gekannt, mit dem sie derart wenig geredet hatte und bei dem sie das Reden derart wenig vermisst hatte. Wie einfach alles war, wenn man nicht ständig redete. Genau, dachte sie zuversichtlich, und begann Edwin zu küssen.

Sie küsste die Schatten aus seinem Gesicht, bis sie zufrieden war und ihn entspannt und gleichzeitig konzentriert vorfand. Sie hielt seine Hände fest, die unter ihr graues T-Shirt gleiten wollten, und ließ ihre Lippen über seine Schläfen gleiten, bis sie seine Haarstoppeln spürte. Sie biss sich vorsichtig an seiner Ohrmuschel hinab, ließ aber das Ohrläppchen aus und machte in seinem Nacken weiter. Als sie nicht weiterkam, glitt sie mit der Zunge wieder zurück und nahm das Ohrläppchen in den Mund. Das reichte.

Edwin hatte eine Gänsehaut am ganzen Körper. Er riss seine Hände mit einem kleinen Ruck los und zog Angie aus. Am liebsten hätte er ihren Rock hoch- und ihren Schlüpfer weggeschoben und sich auf sie gestürzt, aber am liebsten war nicht gleich am besten. Noch bevor er ihren BH lösen konnte, musste er innehalten und erst einmal sich versorgen. Sein Glied war dermaßen geschwollen, dass er unter dem Druck zu sterben glaubte. Er öffnete seine Hose und streifte sie und den Schlüpfer ab und machte dann bei Angie weiter. Als er ihre runden und unglaublich sanft geschwungenen Brüste sah und ihren birnenförmigen Po, als er ihre langen Beine wahrnahm und die braungebrannten Füße, musste er die Augen schließen. Wie konnte eine Frau um vierzig dermaßen anziehend sein? Blind und schwer atmend zog er sie auf seinen Schoß, diesmal mit gespreizten Beinen, um sie an sein pochendes Glied zu drücken.

Angie leistete Widerstand. Sie mochte diese Position nicht. Sie musste einen festen Halt im Rücken haben. „Komm auf die Erde", flüsterte sie. Er öffnete die Augen und legte sich auf die Säcke, um sie rittlings auf sich zu ziehen.

„Nein", drängte sie, „lass mich unten liegen. Und nimm endlich das Ding." Sie kramte in ihrer Rocktasche und schob ihm das Kondom hin. Während er es ächzend übersteifte, legte sie sich auf den Rücken und streckte die Arme nach ihm aus.

„Angie", sprach er sie zum erstenmal mit ihrem Namen an, „bitte leg dich auf mich. Ich bin zu schwer für dich." Sie schüttelte den Kopf und zog ihn zu sich. Warum begriff sie nicht, dass er sie mit seinen zweieinhalb Zentnern einfach erdrücken würde? Er wog fünfzig Kilo mehr als sie.

Als er unbeweglich auf den Knieen verharrte, robbte sie auf dem Rücken näher zu ihm, spreizte die Beine und kippte ihn, an seinen Armen ziehend, auf sich. Er fing sein Gewicht auf Knieen und Ellenbogen ab und bemühte sich, nur wenig von seinem Bauch und Becken auf sie zu verlagern.

Als sein Glied sich ihrer Öffnung näherte und probeweise dagegendrang, weitete sich nicht nur ihr Eingang, sondern auch ihr Becken. Ihre Beine öffneten sich mehr und sanken zur Seite. Ihre Augen schlossen sich, damit sie nicht mehr sehen, sondern nur noch fühlen konnte. Sie ließ ihren Atem ganz aus sich heraus und sog ihn langsam wieder ein. Er hatte den Druck vermindert und drang nun wieder vor.

Der Widerstand, der beim erstenmal wie eine Explosion auf sein System gewirkt hatte, der ihn in einer Sekunde in Schweiß ausbrechen ließ und seinen Atem beschleunigt hatte, so dass er am ganzen Körper bebte, gab nun nach. Sein Glied glitt nicht hinein, es wurde gesogen und eine Welle von Panik kam über ihn. Alte Ängste wurden wach, Eindringen verboten, schwängere kein Mädchen, schütze dich vor AIDS, und er hörte wieder die Schreie. Er kämpfte gegen die Panik an und schaffte es, sich soweit zu orientieren, dass er wieder wusste, dass er ein Kondom trug und dieFrau unter ihm nicht schrie. Keuchend ruhte er sich auf seine Ellenbogen gestützt aus und wischte sich den Schweiß von der Stirn. Ihr missfiel seine Pause. Sie schlang die Beine um seine, was ihr nicht gelang, da seine Beine wie zwei Baumstämme zwischen ihren lagen. Ihr Mund suchte seinen, um sich mit ihm zu vereinigen, so wie ihr unterer Mund sich mit seiner unteren Zunge vereinigt hatte.

„Leg dich auf mich", raunte er. „ich bin zu schwer." Er zog sie mit einer gewaltigen Hand, aber nur einer kleinen Körperbewegung, halb auf sich.

„Nein!" protestierte sie. „Hör auf! Lass mich unter dir liegen." Sein Schweiß lief am Bauch und an den Armen auf sie herab. Er roch aromatisch, aber auch nach dem Druck, unter dem er stand. Er schien ihr wie einer, der endlich zerbrechen müsse, um wieder normal zu sein. Oder wie einer, der etwas zerbrechen müsse? Etwas Grauenvolles ging von ihm aus.Was taten sie da? Ächzend zog er sich etwas zurück. Das löste eine heftige Reaktion in ihrer Öffung aus. Sämtliche Dehnungsrezeptoren waren in Alarm. Freiwillig würde sie den Eindringling nicht hergeben. Der Alarm war wie Schmerz, der danach verlangte, durch Druck betäubt zu werden. Sie presste ihre Hände auf seine Lendenwirbelsäule und sich gegen ihn.

„Bums mich", flüsterte sie. Er bewegte sich langsam wieder in sie und begann, sich in langsamem Rytmus in ihr zu schaukeln. Während ihre Beine vor Wohlbefinden schlaff wurden, wuchs das Verlangen in ihr so unendlich, dass sie dachte, verückt zu werden.

„Bums mich richtig!" rief sie. „Hör auf, mich hinzuhalten!" Keuchend schaukelte er weiter. Er schien wie hypnotisiert zu sein. Wollte er sie ewig so leiden lassen? Sie bettelte ihn an, aber er schien sie nicht zu hören. Er war fern von ihr, obwohl sie in seiner Hitze schmorte und sein Atem ihre Wange versengte. Sie versuchte, ihn zu küssen, aber er wandte den Kopf. Sein Körper war ein einziger beständiger Rytmus. Sie biss ihn in die Schulter. Er zuckte leicht. Sie biss ihn wieder, diesmal tiefer.

„Herr Gott nochmal, sei endlich ein Mann und bums mich!" schrie sie. Da endlich stieß er zu und ihre Qual wurde leichter. Er stieß wieder, nur wenig und wie ein Roboter, der programmiert ist, keine zu große Eindringtiefe zu erreichen, aber sein Stoßen trieb sie soweit voran, dass sie abheben konnte. Sie überließ sich ihm, sie flog mit ihm davon.

An seinem krampfhaften Atem und seiner Umklammerung merkte sie, dass er angekommen war und sich verausgabt hatte. Sie hatte ihr Ziel nicht erreicht, aber nichts dagegen, ihren Flug zu beenden. Tief atmend löste er seine Arme von ihr. Bevor er zu weit weg war, drückte sie ihn an sich. „Bleib noch", flüsterte sie. Er verharrte bei ihr und küsste sie auf das Gesicht. Er küsste ihren Hals und ihre Schultern und sie spürte seine Dankbarkeit. Sie strich ihm leicht über den nassen Rücken, spürte die Härte seiner Muskeln und die Festigkeit seiner Haut und wunderte sich wieder, wie ein so massiver Mann so kontrolliert sein konnte.

„Es ist kühl. Du mußt dich anziehen." sagte er mit seiner normalen Stimme.

Er fasste mit seiner Hand nach seiner Jeans, die neben ihnen lag, und suchte seine Papiertaschentücher. Eins gab er ihr, eins nahm er selbst und löste sich von ihr, mit der anderen Hand ihren losen Rock über sie ziehend, so dass sie bedeckt war. Sie zog die Beine an, drehte sich zur Seite und sah ihm zu, wie er sich anzog. Mit der gleichen langsamen Sorgfalt, mit der er alles zu tun schien, entsorgte er sein Kondom in dem Taschentuch, zog seinen Schlüpfer an, seine Jeans und sein T-Shirt.

Er blickte sie ernst an. „Soll ich dir beim Anziehen helfen?" fragte er. Sie forschte in seinem Gesicht nach einer Spur von Zärtlichkeit oder Verbundenheit, nach irgendetwas, das ihr gezeigt hätte, dass ihr Liebesspiel bei ihm einen Eindruck hinterlassen hätte. Sie fand nichts. Da waren der übliche Ernst und die übliche Höflichkeit.

Ihre Stimmung fiel so schnell, das sie nicht mehr mitkam. Sie fiel und fiel und die Enttäuschung presste ihr Tränen in die Augen, so dass sie ihn nickend bejahte und aufstand, damit er ihr helfen konnte. Filme liefen vor ihren Augen ab, wie sie von einem Mann nach dem anderen verlassen worden war, wie sie sich getäuscht hatte, immer wieder, und sich gezwungen hatte, ihre Gefühle zu verbergen. Was hatte sie nur bewogen, heute so zu sein, wie sie fühlte? Weshalb nur hatte sie alle Vorsicht fahren lassen? Genau deshalb hatte doch keine einzige Beziehung gehalten.

Sie war so verstrickt in ihre Selbstvorwürfe, dass sie sich willenlos anziehen ließ und erst wieder aufwachte, als er sie etwas fragte.

„Was hast du gesagt?" flüsterte sie. Ihre Stimme gehorchte ihr nicht. Sie räusperte sich.

„Soll ich dich nach Hause bringen?" wiederholte er seine Frage.
Er war ihre Reaktion gewohnt und dachte sich nichts bei ihrer Teilnahmslosigkeit. Entweder kreischten die Mädchen, nachdem er ihnen beigewohnt hatte, oder sie waren wie gelähmt. Angie war von der zweiten Sorte und er konnte jetzt, wo er sich wie üblich vorkam wie ein Schwein, nur noch alle Sinne beisammenhalten und das Treffen zu einem einigermaßen heilen Abschluss bringen.

Sie nickte wieder stumm und er führte sie aus der Hütte, den Weg zurück zu ihren Autos.

„Gib mir deinen Schlüssel. Ich fahre dich." sagte er und sie zog den Schlüssel aus der Rocktasche und gab ihn ihm. Er schloss die Beifahrertür auf, ließ sie einsteigen und reichte ihr den Sicherheitsgurt. Wie eine Puppe, die man anstößt, nahm sie den Gurt und steckte ihn fest. Er schlug die Tür sachte zu und ging um das Heck des Wagens herum zur Fahrertür.

„Jetzt werde ich nach Hause gebracht und das war's dann", konnte sie nur denken. „Es ist wie immer." Der Satz ließ sie nicht los. Wie immer. Wie immer. Wie immer. Während der Fahrt schwiegen sie. Er hielt vor den Garagen, die den Blick auf die Reihenhäuschen versperrten. Niemand war unterwegs. Er stellte den Motor ab und sah sie an. Sie sah nur die Konturen seines kahlen Schädels. Sein Gesicht war gefüllt mit schwarzer Dunkelheit.

„Wie kommst du nach Hause?" fragte sie.

„Das ist kein Problem", sagte er ruhig. Sie stiegen aus. Er verschloss den Wagen und gab ihr den Schlüssel. „Gute Nacht", sagte er.

Angie erwachte aus ihrer Starre. Sie streckt sich, bis sie seinen Mund leicht küssen konnte. „Gute Nacht", sagte sie. Er zögerte, drehte sich dann um und ging.

Sie ging an zwei Häusern vorbei, bis sie zu ihrem kam, und schloss die Haustür auf. Sie zog die Tür leise zu und ging ins Haus.

+++++

Angies Tante hatte den Abend anscheinend beendet. Das Haus war dunkel, nur in der Küche brannte Licht. Angie zog Jacke und Schuhe aus und ging in die Küche, um sich etwas zu trinken zu holen. Sie war müde, alle Bewegungen taten ihr weh. Sie musste nachdenken, gründlich, und am besten fing sie gleich damit an.

Angie saß lange Zeit wach. Zuerst im Wohnzimmer, wo Sandy auf dem Boden schlief, dann nahm sie sich eine Decke und ein Kissen und legte sich auf den Rasen. Sie stand nochmal auf und holte sich noch eine Decke, denn die Luft wurde kühl.

Womöglich war der Abend doch keine solche Katastrofe, wie sie zunächst gedacht hatte.

Sie hörte Schritte auf dem Fußweg entlang ihres Gartens draußen, dann hört sie nichts mehr. Atmete da jemand? Sie ermahnte sich zur Vernunft.

Bestimmt gab es Gründe für sein Verhalten. Warum stand er unter Druck, war nicht locker? Warum hatten sie nicht miteinander gelacht? Warum hatte er ihr gar nichts gesagt außer technischen Sachen? Hatte es ihm gefallen? Hatte es ihr gefallen? Angie überlegte, während sie mit einem Ohr auf den Fußweg hörte, ob die Schritte zurückkamen. Es war eine Sackgasse und wer nicht hier wohnte, musste zurückkommen. Es hatte ihr gefallen. Zwar war sie nicht zum Höhepunkt gekommen, aber das war sie gewöhnt. Nur mit sich allein konnte sie die Erfüllung finden, die mit einem Mann unmöglich war.

Sie würde Edwin wiedersehen. Sie müssten miteinander reden und es würde sich eine Lösung finden lassen. Angie war erleichtert, als sie so vernünftig mit sich sprach. Es gab für alles eine Lösung, ganz bestimmt.

Etwas knackte in der Hecke. Sie schrak zusammen. Plötzlich spürte sie, wie es ihr eiskalt den Rücken hinunterlief. Sie hatte die Gewissheit einer kommenden Gefahr. So schnell sie konnte, stand sie auf und lief auf die Terrassentür zu. Aber da sprang schon jemand über die Hecke und in großen Sätzen hinter ihr her. Er warf sie mit einem einzigen Schlag ins Kreuz zu Boden, bevor sie die Tür erreicht hatte.

+++++

„Mist", fluchte Rossi, als er hochschrak und merkte, dass er eingenickt war. Ein Blick auf das Haus bestätigte ihm, dass alles dunkel war, ein Blick auf die Straße, dass das Auto des Verdächtigen verschwunden war. „Mist, Mist, Mist!" fluchte er und langte nach dem Mikro. Er gab die Meldung durch. Wie sollte er seinem Chef erklären, dass der Vogel ausgeflogen war, weil Polizeiobermeister Rossi eingepennt war?

Er hatte die Bewachung allein durchgeführt, weil einfach nicht genügend Leute da waren. Es war Urlaubszeit und sie mussten die Routinearbeit reduzieren, obwohl sie laut Hauptkommissar Streckle die Steifen ausweiten sollten. Aber es ging einfach nicht. Die Kollegen, die nicht krank oder in Urlaub waren, konnten sich nicht vierteilen, sie machten ihre Arbeit und mehr war nicht möglich. Rossi hatte die langweilige Bewachung selbst übernommen, wie so vieles, was andere nicht gern machten.

Es war überhaupt nichts vorgefallen und so hatte er viel Zeit nachzudenken. Er dachte an das Betriebsfest und wie es zum Streit gekommen war, weil Breitmann die Unger angemacht hatte. Evelyn war in einem wunderschönen langen Kleid gekommen, hatte das lange Haar offen getragen und sah nun genauso aus wie die schönen, würdevollen Polynesierinnen. Rossi hatte den Blick kaum von ihr wenden können. Es war nötig gewesen, Breitmann zurechtzuweisen und ihn von Evelyn wegzulotsen. Sie war kurz danach von ihrer Freundin abgeholt worden.

Rossi hatte sich bei ihr für Breitmanns Unverschämtheit entschuldigt. Sie hatte nur genickt und nichts gesagt. Ihr Gesicht war wie üblich blass gewesen und sie sah aus, als habe sie solche Vorfälle schon öfter erlebt.

Rossi, der nun in seinem Beobachtungsposten aushalten musste, bis der Verdächtige irgendwann wieder aufkreuzte, seufzte. Er atmete durch das geöffnete Autofenster die Nachtluft ein und lauschte den ausländischen Klängen einer CD-Anlage, die laut aus einem offenen Hauseingang klang. Er vermutete, dass es ein türkisches Lied war, denn er kannte keine Nation, die ihre Liebeslieder derartig traurig und hoffnungslos sang. Hätte Rossi türkisch verstanden, so hätte er sich voll bestätigt gefühlt. Cem Karaca sang das uralte Lied „Unut beni".

Unut beni unut.	Vergiss mich.
Arama!	Such nicht nach mir.
Sakla bu mendili sakla.	Bewahr dieses
Taschentuch auf.	
Sende kalsin.	Meine Tränen
gehören dir.	

Das R in „Arama" wurde wie ein Trommelwirbel gerollt. Für manche Lieben gab es keine Hoffnung mehr, dachte Rossi. Siehe seine Frau und seine Kinder. Und für andere Lieben gab es noch keine Hoffnung, aber das könnte sich ändern, fand er. Und während Cem Karaca noch etliche traurige Strofen aneinanderflocht, träumte Rossi den ältesten aller Männerträume: Wie er als tapferer Held die hilflose Evelyn vor bösen Buben beschützte und ihr Leben rettete, woraufhin sie endlich erkannte, was für ein Mann er sei, und sich in ihn verliebte und er sich in sie und wenn sie nicht gestorben sind...

Die Zeit der sexuellen Bedürfnislosigkeit und Orientierungslosigkeit war bei ihm vorbei, soviel stand fest.

+++++

Edwin war froh, die fünf Kilometer zu seinem Auto zu Fuß gehen zu können. Er nahm kleine Wege quer durch Schrebergärten, überquerte eine stark befahrene Straße auch mal trotz abgrenzender Leitplanken, weil es so kürzer war, und suchte sich ruhige Sträßchen, die ihn zum Sportplatz brachten. Er genoss die frische Nachtluft. Sie machte seinen Kopf frei.

Edwin war hin- und hergerissen, wie es ihm eigentlich ging und was er von diesem Abend halten sollte. Er hatte zum erstenmal seit langer Zeit mit einer Frau geschlafen, er hatte sich so dumm wie immer angestellt, aber sie hatte es nicht ganz schlecht aufgenommen. Das Letztere war das Positive. Das Negative war, dass er einfach nicht imstande war, seine Gefühle zum Ausdruck zu bringen. Er schaffte es nicht, durch Sex eine Art von Nähe zu spüren. Er war von Angie aufgestanden wie von einer Prostituierten. Ohne zu reden, ohne zu kuscheln, einfach so. Er hatte das deutliche Gefühl, dass durch das Aufstehen ein Bruch in ihrem Zusammensein eingetreten war. Vielleicht könnte er das nächstemal, sofern es ein nächtesmal gab, einfach noch eine Weile liegenbleiben.

Diese Idee erleichterte ihn ungeheuer.

Er blickte nun nicht mehr zu Boden, sondern schaute sich beim Wandern um. Wieviel Uhr mochte es sein? Sicherlich noch nicht Mitternacht.

Er schrak zusammen, als ihn ein Mann anrempelte, ein junger Bursche, fast so kräftig wie er. Der Typ entschuldigte sich nicht, war auch nicht erstaunt, sondern lief weiter wie ein Roboter. An einer Hand baumelte etwas Schmales herab.
Kopfschüttelnd setzte Edwin seinen Weg fort.

+++++

Angie war in einem Tollhaus. Da gab es laut brüllende Raubtiere und gellende Angstschreie. Dann hörte man das Kratzen von Pfoten und das Keuchen von heiseren Kehlen. Und schließlich laut und deutlich Tante Rosas Stimme „Hau ab, du Biest, raus hier!"
Angie schlug die Augen auf. Sie lag unbequem, es war kalt und dunkel und ihr Kopf schmerzte. Sie setzte sich auf und hätte sich am liebsten erbrochen, so übel war ihr. Ihr Rücken tat weh, wie wenn er von Metallspangen umklammert würde. Sie stützte die Hände auf den Steinplatten auf und versuchte, langsam und tief zu atmen.

Außer Tante Rosa schrie jetzt noch jemand, eine Frau auf dem Fußweg hinter der Hütte. Tante Rrosa stürmte zur Tür, sah Angie, rief „Um Gottes Willen!" und bückte sich, um ihr hochzuhelfen.

„Angie, was ist mit dir? Was machst du hier draußen?"
Bevor Angie antworten konnte, sprudelte es aus Rosa heraus. „Dieser Köter von einem Dobermann belästigt die arme Sandy. Er ist so scharf auf sie und so stark, dass ich tun kann, was ich will, er geht nicht weg." Jetzt erst bemerkte sie die Hallo-Rufe vom Fußweg.

„Ist mein Hund bei Ihnen?", rief die Frauenstimme.

„Ja", schrie Rosa, „Ihr Sauköter ist hier. Kommen Sie um die Häuser herum und holen Sie ihn, aber schnell!"

Angie war unfähig, in diesem Drama eine tragende Rolle zu spielen. Der Hundebesitzerin gelang es, ihren Rüden von der in einer Ecke kauernden Sandy wegzuziehen. Sie verließ das Haus nicht ohne vorher ihre Adresse, Telefonnummer und den Namen ihrer Haftpflichtversicherung auszuhändigen, denn der Rüde hatte beträchtlichen Schaden angerichtet: den Parkettboden zerkratzt, einen orientalischen Läufer zerfetzt, Sandy Kratzwunden beigebracht und nicht zuletzt Angie umgeworfen und ihr – wie sich in der Notfallambulanz der Esslinger Städtischen Kliniken herausstellte – eine saftige Rückenprellung und eine Gehirnerschütterung beigebracht. Zum Glück hatte der Dobermann Sandy nicht bestiegen. Sie war erst am Angang ihrer Läufigkeit und frühestens in zwei Wochen bereit, hündische Annäherungen gnädig zuzulassen.

Als Angie um vier Uhr morgens endlich in ihrem Bett lag, denn als Ärztin hatte sie eine natürliche Abneigung gegen Krankenhäuser und war unter keinen Umständen bereit, die Woche im Krankenhaus zu verbringen, die man ihr nicht nur angeraten, sondern geradezu befohlen hatte, was Angie im Gegensatz zu Rosa kalt ließ, denn schließlich kannte sie den Psychoterror des Gesundheitswesens ganz genau; als sie in ihrem eigenen Bett lag, den Rücken eingecremt mit einer streng riechenden Salbe, ihre Kopfschmerzen betäubt mit Aspirin und ihr gesamtes System beruhigt mit einem Kräutertee und einem Käsebrot, da endlich konnte sie das erlebte Spektakel in der Gesamtschau genießen. Wie Tante Rosa der Hundebesitzerin die Meinung gesagt hatte, so dass diese kleiner und kleiner wurde; wie der wilde Dobermann plötzlich bei seinem Frauchen zum unsicher wedelnden Hündchen wurde; wie Tante Rosa triumfierend den Zettel mit den Personalien und der Versicherung der Frau entgegengenommen hatte. Angie musste halb lachen, halb seufzen.

Es würde nichts dabei herauskommen. Die Haftpflichtversicherung würde einen Weg finden, Angie verletzte Aufsichtspflicht bei ihrer läufigen Hündin vorzuwerfen. Sicher hätte sie nicht nur die Terrassentür verriegeln, sondern Sandy, die im Haus schlief, auch noch in einen extra Raum sperren müssen. Dass der Rüde über eine zwei Meter hohe Hecke hinweggesetzt hatte, um in ihr Grundstück einzudringen, würde von der Versicherung als völlig normales Hundeverhalten ausgelegt oder ignoriert werden. Der Schaden würde an Angie hängenbleiben und zwar doppelt, denn die nächsten ein bis zwei Wochen könnte sie sicher nicht arbeiten, so dass sie auch noch ein halbes Monatsgehalt verlor.

Sie wollte darüber jetzt nicht nachdenken. Es würde nichts ändern. Was sie nicht begriff, war, dass es erst sechs Stunden her war, dass sie mir Edwin geschlafen hatte, dass es ihr aber vorkam wie ein ganzes Jahr. Angie wurde müde. Sie dachte an Edwin und schlief ein.

+++++

Da Evelyn bereits an zwei Wochenenden Dienst gehabt hatte, hatte sie einen Tag frei. Es war ein kühler, regnerischer Tag und sie genoss die trübe Wetterstimmung und blieb morgens im Bett, solange sie liegen konnte. Mara war gestern abgefahren. Evelyn hatte ihre Zwei-Zimmer-Wohnung wieder für sich.

Es war eine komfortable Wohnung im Stadtteil Oberesslingen. Evelyn verdiente als Polizistin nicht viel, aber sie hatte wohlhabende Eltern, die sie unterstützten. Jeden Monat bekam sie ihre 1000.- DM-Überweisung aufs Konto, ob sie wollte oder nicht. Nach jahrelangen Auseinandersetzungen mit ihren Eltern wegen dieses aufgezwungenen Geldbetrags hatte Evelyn das beste daraus gemacht und das Geld so gut es ging zum Fenster hinausgeworfen mit dieser Neubauwohnung im Edelstil. Ihr Verhältnis zu ihren Eltern war nicht immer von Steit bestimmt gewesen. Evelyn hatte sich als Kind ausgesprochen gut mit ihren Eltern verstanden. Aber es wurde anders, als Evelyn erwachsen wurde. Als sie anfing, sich für Jungs zu interessieren.

Evelyn stopfte sich das Kopfkissen unter den Kopf und überlegte, wann das war.

Sie war siebzehn. Sie hatte sich ein paarmal mit Klaus getroffen, der schon neunzehn war und zur Bundeswehr musste. An einem Samstag hatte sie ihn zum Zug gebracht, nachdem sie noch einmal miteinander geschlafen hatten. Das letzte Mal, wie Evelyn für sich beschlossen hatte. Klaus war am Bahnhof ziemlich kleinlaut gewesen. Er hatte ihr sentimentale Dinge gesagt, aber sie hatte nur verstanden, dass er es vermissen würde, mit ihr zu schlafen. Er würde erst übernächstes Wochenende zurückkommen und wäre auch in den kommenden zehn Monaten Wehrdienst manches Wochenende nicht bei ihr.
Evelyn wusste, dass ihre Beziehung zu Ende war. Seine Umarmungen waren für sie nur anfangs aufregend gewesen, dann nicht mehr, und sie hatte nicht vor, sie fortzuführen. So schwieg sie und ließ ihn reden und als der Zug kam und ihn mitnahm, war für sie das Kapitel Klaus erledigt. Sie ging nach Hause, zog sich um und marschierte schnurstracks zum Schülerball der Oberklassen, der im Kolpingheim stattfand und jedes Jahr ein Ereignis war.

Die Schüler hatten das Kolpingheim, das im wesenlichen aus einem großen Raum mit Bühne bestand, prächtig hergerichtet mit Lampions, Glitzerketten und rotierenden Scheinwerfern. Sie hatten für die Band überdimensionale Lautsprecherboxen aufgebaut. Es gab jede Menge zu trinken, aber nur Kaltes zu essen. Als Evelyn hinkam, war die Party in vollem Gange. Die Musik war so laut, dass man sein eigenes Wort nicht verstand. Evelyn ließ sich treiben und lachte und tanzte. Sie wurde von zwei Jungs eines anderen Gymnasiums umschwärmt und tanzte mal mit diesem, mal mit jenem. Igendwann hakten die beiden Evelyn unter und zogen sie lachend mit sich fort. Es war Mai und die Kastanien blühten und dufteten bittersüß in der Nachtluft. Ehe Evelyn sich versah, fand sie sich in einem Haus wieder, wo sie flüsternd die Treppe hochgingen und in einer Dachwohnung ankamen. Bevor sie etwas sagen konnte, umarmte sie der eine, der dunkle Haare hatte, während der andere, ein Blonder, ihr von hinten über den Rücken und die Hüften stich, die Beine entlang und ihr nacheinander die Schuhe auszog. Der Dunkle schob ihre Bluse hoch und öffnete ihren BH. Der Blonde zog ihre Jeans mit dem Schlüpfer herunter und gemeinsam hoben die Jungs sie auf ein Bett und legten sich zu ihr.

Evelyn fühlte Überraschung und Neugier, aber keine Angst und schmiegte sich an den Jungen, der ihr am nächsten war. Nacheinander zogen sich die Jungen aus und widmeten sich Evelyn mit einer Sanftheit und Entschlossenheit, die sie völlig passiv werden ließ. Schließlich wurde sie von dem Blonden ohne Pause geküsst, während der Dunkle sie vorsichtig auf den Bauch drehte und sich auf sie legte. Evelyn verspürte ein Pochen in ihrem Geschlecht und wusste nicht, ob es von dem Pochen des Gliedes in ihren Händen oder von dem Drängen des Gliedes an ihrem Geschlecht oder von der Situation, in der sie sich befand, kam. Der Dunkle drang in sie ein und trieb sie in eine Lust, die ihr nicht ihre eigene zu sein schien. Sie fühlte sein Bumsen und ihre irre Freude über ihre Lust. Sie hielt die ganze Welt umfasst und schwebte mit ihr dahin. Als sie sich krümmte, pressten ihre Hände den Knüppel des Blonden und er schrie auf und sie wurde feucht von seinem Erguss. Er wimmerte weiter, als sie ihn losließ. Ob vor Schmerz oder vor Lust, konnte sie nicht erkennen.

Der Dunkle blieb in ihr und drehte sie sanft um, ohne sich zu lösen. Ihre Hände waren klebrig und sie wollte ihn damit nicht anfassen. Der Junge schob sie soweit über die Bettkante, dass ihr Oberkörper darüber hing und ihr Kopf den Fußboden berührte, so dass sie ausgebreitet dalag, und fing wieder an zu bumsen. Er berührte ihre Brustwarzen mit seiner Zunge und sog an ihnen abwechselnd, ohne mit dem Bumsen aufzuhören. Evelyn lag mit gespreizten Beinen da und fühlte sich so offen, dass sie die Knie anzog. Da sog er fordernder an ihrer Brust und löste eine schmerzhafte Woge in ihrem Unterleib aus. Sie schob ihr Becken hoch und mit einem letzten Stoß ergoss er sich in sie.
Bevor sie wieder zu Atem kamen, zog der andere den Dunklen weg und half Evelyn zurück aufs Bett. Ihre Hände waren getrocknet und sie nahm ihn bereitwillig an. Er setzte sie auf seinen Schoß und vereinigte sich mit ihr. Er nahm ihe Pobacken in seine Hände und zog ihre Oberschenkel langsam nach unten, so dass sie ihn voll aufnehmen konnte. Dann hielt er sie fest, stand auf und legte sie auf einen Schreibtisch, auf dem er sie im Stehen bumste.
Die Jungen wechselten sich ab, bis jeder Evelyn dreimal gehabt hatte. Dann war sie zu müde, um weiterzumachen. Evelyn schlief mit dem ein, der gerade in ihr war, geschmiegt an den, der gerade nicht dran war. Irgendwann morgens wurde sie geweckt und alle zogen sich an. Sie brachten sie leise nach unten und hätten sie nach Hause gebracht, aber das lehnte sie ab. So trennte sie sich von ihnen, ohne ihre Namen erfahren zu haben und ohne sie je wiederzusehen.

In dieser Nacht nach dem Schülerball hatte sie gar nicht das Gefühl gehabt hatte, sie selbst zu sein. Ihr fuhr nachträglich der Schreck in die Glieder, als ihr bewusst wurde, dass sie mit zwei wildfremden Männern ohne Kondom geschlafen hatte, und das im Zeitalter von AIDS und Hepatitis. Sie ging, ohne ihren Eltern ein Wort zu sagen, zum Arzt und ließ sich Blut abnehmen. Die Woche, bis sie das Ergebnis hatte, war die schlimmste ihres Lebens. Die Tests waren normal ausgefallen. Für den zweiten HIV-Test musste sie nocheinmal vier Wochen warten. In dieser Zeit war sie sicher, sich angesteckt zu haben, denn sie fühlte sich richtig krank. Sie war blass und müde und konnte nicht mehr konzentriert lernen. Sie verlor den Appetit und nahm ab. Als der Test unauffällig war, dachte sie, es müsse ihr besser gehen, aber das war nicht der Fall. Schließlich kam sie auf eine Idee, als ihre Tage bereits zum zweiten Mal ausblieben. Sie machte einen Schwangerschaftstest und er war positiv. Evelyn hatte, seit sie mit Klaus zusammen war, regelmäßig die Pille genommen und nicht damit gerechnet, schwanger zu werden. Aber die Pille verhütete anscheinend nicht zuverlässig. Nicht, wenn man innerhalb von vierundzwanzig Stunden mit drei Männern schlief, dachte sie.

Evelyn war siebzehn, hatte noch ein Jahr bis zum Abitur, sie hatte keinen festen Freund und sie wusste nicht, wer der Vater des Kindes war. Unter diesen Umständen wollte sie kein Kind haben. Sie trieb ab. Da sie minderjährig war, brauchte sie das Einverständnis ihrer Eltern. Aus dieser Zeit stammte ihr gespanntes Verhältnis.

Aus dieser Zeit stammten auch die Träume, in denen Evelyn das Kind sah, das sie abgetrieben hatte. Sie sah es nicht als Embryo, sondern als ein zwei- oder dreijähriges Mädchen, manchmal auch älter. Es sah sie jedesmal stumm an und Evelyn rätselte im Traum, ob der Blick des Kindes nun traurig oder mitfühlend oder vorwurfsvoll sei. Wer dachte, dass die Abtreibung das Problem beseitigte, irrte sich, dachte Evelyn. Das Problem wurde nur ein anderes.

++++

„Nein, das können Sie nicht", sagte Rosa energisch am Telefon. Offenbar leistete ihr Gesprächspartner Widerstand, denn sie sagte ungeduldig „Sie können sie nicht sprechen, weil sie noch schläft. Und ich habe nicht vor, sie zu wecken, denn sie hatte heute Nacht einen Unfall und ich bin froh über jede Minute, die sie schläft und sich erholt." Sie legte den Hörer auf.

Es war aber auch zuviel. Carlo tanzte ihr um die Beine, Sandy wich nach ihrem nächtlichen Abenteuer nicht von Rosa und wurde manchmal von Carlo getreten, der noch keinen ausgereiften Gleichgewichtssinn hatte. Und Rosa sollte dringend Lebensmittel einkaufen, um etwas für das Mittagessen zu haben. Sie wollte nicht aus dem Haus, solange Angie schlief. Sie wollte da sein, wenn sie aufwachte, und sich um sie kümmern.

Tülin Pereira hatte morgens angeboten, den Tag frei zu nehmen und Carlo wieder mitzunehmen, aber Rosa wusste, wie schwer das war und wie wenig Verständnis man für eine Mutter hatte, die ohne Vorankündigung einen Tag freinehmen wollte. Sie hatte Tülin diese Idee ausgeredet und sie zur Tür hinausgeschoben.

„Ich könnte eine Pizza backen", überlegte sie laut, als es klingelte. Sie öffnete die Tür, umspült von Carlo, der sich an ihr linkes Bein klammerte, und von Sandy, die sich an ihren rechten Oberschenkel drückte. Rosa hatte den bösen Wunsch, ihre Anhängsel ein für allemal abzuschütteln, hielt aber an sich und blickte auf eine breite Männerbrust. Der dazugehörige Kopf war eine Etwage höher und ihr unbekannt.

„Mein Name ist Bach", sagte der Besucher. „Ich habe eben angerufen und möchte zu Angie." Rosa klappte ihren Mund wieder zu. Sie war nicht schwer von Begriff.

Das war er also. Sie trat zur Seite und er bewegte sich an ihr vorbei, von Carlo und Sandy begrüßt wie ein alter Freund. Der Mann lächelte, als er Carlo über den Kopf strich und Sandy streichelte. Dann war er wieder ernst.

„Wo ist sie?" fragte er. Rosa wollte zu Angies Zimmer vorangehen, überlegte es sich aber anders, als sie auf Kind und Hund blickte.

„Gehen Sie die Treppe hoch und in den ersten Raum links", sagte sie. „ Und seien Sie leise. Wecken Sie sie nicht." Er nickte und ging nach oben.

Rosa sah dem Riesen nach. Er ging ohne jedes Geräusch und verschwand aus ihrem Blickfeld. Rosas rechter Fuß wurde warm, weil Sandy sich grunzend darauf niedergelegt hatte. Carlo machte sich daran, laut deklamierend die Treppe hochzusteigen. Rosa wurde aktiv. Sie zog ihren Fuß unter Sandy hervor, stellte Carlo mit einem Fruchtjoghurt ruhig, den er kleckernd löffelte, und schloss Sandy ins Arbeitszimmer ein.

Endlich hatte sie Bewegungsfreiheit. Als sie Richtung Küche rauschte, prallte sie in der Diele auf Bach, der leise die Treppe heruntergekommen war.

„Entschuldigung", brachten sie gleichzeitig heraus.

„Sie schläft noch", sagte Bach. „Was ist mit ihr passiert?" Rosa zog ihn in die Küche, bot ihm den Platz neben Carlo an, der an der Theke saß und weiterlöffelte, und erzählte, was in der Nacht passiert war. Bach hörte sie bis zum Ende an und nickte.

„Ich werde hierbleiben, bis ich mit ihr gesprochen habe."sagte er. Rosa merkte, dass ihr ein Stein vom Herzen fiel. Wenn Bach sich um Angie kümmerte, könnte sie einkaufen gehen. „In Ordnung", sagte sie.

Sie musste zugeben, dass er ihr gefiel. Sein Anblick war zwar gewöhnungsbedürftig, der kahle Schädel, der massige Körper, die grüne Arbeitshose und das zerlöcherte T-Shirt, aber sein Verhalten war sicher und effektiv. Sie packte Carlo in den Buggy, nahm ihre Tasche und verließ das Haus.

++++

Als Rosa mit Carlo zurückkam, war es zehn Uhr und Angie saß in der Küche bei einer Tasse Kaffee, allein.

„Wie geht es dir, meine Kleine?" fragte Rosa. Unwillkürlich fiel sie in den Tonfall einer Mutter, die das aufgeschürfte Knie ihrer dreijährigen Tochter begutachtet. Angie lächelte. Sie war blass und hatte Schmerzen, und sobald sie etwas gegessen hätte, würde sie ein Aspirin nehmen und sich auf das Nachlassen des Schmerzes freuen.

„Es geht mir ganz gut, Tantchen", sagte sie. „Wie es einem eben geht, wenn einem alles weh tut." Sie dehnte den Rücken, fuhr aber zusammen. „Ehrlich gesagt, ich fühle mich wie neunzig." Rosa summte mitfühlend. Carlo hing sich an Angies Knie und verlangte „Auch!". Angie stand auf, hob ihn mit Mühe auf den Hocker und stellte ihm seinen Becher mit Kräutertee hin.

„Lass doch", meinte Rosa, „ich kümmere mich um ihn." Sie machte Angie ein Marmeladenbrot zurecht und goss sich auch eine Tasse Kaffee ein. „Der ist aber stark", meinte sie stirnrunzelnd.

„Er stammt auch von Edwin", erklärte Angie.

„Ein netter Mann", meinte Rosa vorsichtig. Angie war ernst. „Ja, er ist nett."

Als eine Stille eintrat, sagte sie „Er wollte hierbleiben, aber ich habe ihn weggeschickt. Er hatte seine Arbeit unterbrochen, um mich zu sehen, und das will ich nicht." Sie beendete ihre zweite Brothälfte.

„Ich werde jetzt meine Termine absagen und wenn ich damit fertig bin, übernehme ich Carlo."

„Unsinn", meinte Rosa. „du legst dich wieder hin." Angie schüttelte den Kopf, was sie augenblicklich schwindlig machte. „Ich werde mich bequem aufs Sofa legen und Carlo vorlesen", bestimmte sie und stand auf. Rosa widersprach nicht.

++++

In dieser Woche war Edwin mit Kuhn und anderen Teams von Forstarbeitern im Wald zwischen Nürtingen und Denkendorf beschäftigt. Es waren große Flächen vom Fallholz zu säubern, damit der Wald vernünftig ausgebessert werden konnte. Das Wetter hatte sich gedreht, es war kühl, teils nass, aber die Bedingungen waren immer noch gut. Die Männer fingen morgens um sechs an, da sie keine Rücksicht auf Anwohner nehmen mussten, und hörten abends gegen acht Uhr auf. Derartig lange Tagesschichten waren in dieser Branche üblich. Die Arbeit wurde fast ausschließlich von Freiberuflern verrichtet, die auf Stücklohnbasis honoriert wurden.

Kuhns Bedenken Edwin gegenüber zerstreuten sich im Laufe der Woche. Edwin hatte ihn zwar am Mittwochmorgen im Stich gelassen, wegen eines dringenden Termins, wie er gemurmelt hatte, aber dann war er zuverlässig dagewesen. Er war der ausdauernste und sorgfältigste Arbeiter der ganzen Mannschaft, und Kuhn war stolz auf ihn.

75

Edwins Stimmung schien sich aufzuhellen, je mehr es auf das Wochenende zuging. Kuhn war froh, als sie am Freitagabend ihre Geräte einpackten. Sie hätten nur noch am Montag hier zu tun und könnten den Rest der Woche wieder ein paar Sonderfällungen bei Privatpersonen machen, für die sie sich Zeit lassen konnten. Im Juli war sonst nicht viel los, aber dieses Jahr hatten sie sehr gut abgeschnitten.

++++

Evelyn hatte Sonntagsdienst. Sie wurde mit ihrer Kollegin Sabine Müller am Nachmittag zu einer Ruhestörung gerufen. Häuslesbesitzer hatten sich beklagt, weil auf der angrenzenden Wiese ein paar Jugendliche einen Soundblaster überlaut laufen ließen und sich dabei unterhielten und Bier tranken.
Sabine war ein Jahr älter als Evelyn, stark geschminkt und mit viel Schmuck im Haar, und sie trat so forsch auf, dass Evelyn sich gern als bloße Beobachterin zurückzog. Die Jungs machten, alkoholgetränkt und distanzlos wie sie waren, sofort schlüpfrige Bemerkungen. „He, ihr Bienen, kommt ihr zum Poppen?", brachte einer in einem Anflug von Selbstbewusstsein plus Verkennung der Realität hervor.
Da kam er bei Sabine an die Falsche. „Junge, wie's aussieht könnte ich deine Mutter sein", sagte sie und drehte den Rekorder zu. „Also überleg dir, was du sagst. Nebenbei, ihr seid noch nicht mal fünfzehn, also ist nichts mit Trinken in der Öffentlichkeit."
Jetzt fanden die drei Ruhestörer ihre Sprache wieder. „Wie? Was? Das ist doch keine Öffentlichkeit! Wir sind hier nur unter uns."
„Irrtum, Jungs. Dies ist die Gemeindewiese und ihr seid hier nicht privat, sondern öffentlich." Sabine schnitt alle „Ja, aber..." kurzerhand ab und hatte die Wiese innerhalb von zwei Minuten geräumt. Als sie und Evelyn in ihren Wagen stiegen, pfiffen die Jungen ihnen nach, um kurze

Zeit später sicherlich wieder auf die Wiese zu gehen und diesmal ohne Kasettenlärm weiterzutrinken.

Sabine lachte vor sich hin, als sie langsam weiterfuhren.

„Diese Gören", sagte sie. „Mein Bruder ist in ihrem Alter und ich musste die ganze Zeit an mich halten, um nicht zu sagen 'Ist ja schon gut, ihr seid ganz tolle Hechte'".

Sie lachte wieder. Dann sah sie Evelyn an, die auf dem Beifahrersitz saß.

„Warum bist du eigentlich so ein Trauerkloß?", fragte sie unvermittelt. „Es kann passieren, was will, nie lachst du oder sagst irgendein Wort. Bist du dir zu fein dazu?"

Evelyn kannte das schon. Sie hasste diese privaten Gespräche, die alle darum gingen, warum sie so war, wie sie war. Was gab es da zu sagen?

„Welche Antwort würde dich zufriedenstellen?", fragte Evelyn abweisend. Sie hatte keine Lust auf dieses Gespräch.

„Was soll das heißen?" brauste Sabine auf. „Dass ich dich am Arsch lecken kann? Das weiß ich bereits. Das wissen wir alle." Sie schwieg einen Moment.

„Ich frage dich was anderes", fuhr sie fort und überhörte Evelyns Seufzen.

„Warum bist du Polizistin? Du machst deine Arbeit nicht gern, du sprichst nicht unsere Sprache und du fühlst dich nicht bei uns wohl. Also: warum bist du hier?"

„Ich bin hier, weil ich meine Arbeit gern mache. Ich bin Polizistin, weil ich Polizistin sein will. Dass ich mit dem Team nicht ein Herz und eine Seele bin, ist wohl nicht weiter schlimm, denn das bist du ja."

Aber Sabine ließ sich nicht provozieren. Sie hatte schon mit dem einen oder anderen Kollegen einen Crash gehabt und war weiteren sexuellen Abenteuern nicht abgeneigt, aber sie sah das locker. Ihr ging es darum, Evelyn aus ihrer Lethargie zu wecken.

„Wie kommt es dann, dass du einen völlig anderen Eindruck machst? Dass du ganz anders wirkst?" fuhr sie fort.

Evelyn wurde wütend. „Das ist verdammt nochmal nicht dein Problem!" rief sie. „Hör endlich auf, dir über mich Gedanken zu machen. Ich brauche dein Interesse nicht. Du kannst sicher sein, dass ich mir nicht halb so viele Gedanken mache wie du."

Sabine fuhr rechts ran auf einen Parkplatz und stellte den Motor ab. Sie war immer noch ruhig. „Ich maße mir nicht an, dich zu kritisieren oder dich anders machen zu wollen als du bist", sagte sie fast mitfühlend. „Aber ich erkenne einen unglücklichen Menschen, wenn ich ihn sehe." Sie schwieg und schaute geradeaus.

Evelyns Herz pochte. War sie unglücklich? War sie so offensichtlich unglücklich, dass eine Kollegin, die sie immer für oberflächlich gehalten hatte, das sah? War sie so verschlossen, dass sie arrogant wirkte? So fehl am Platz, dass sie traurig wirkte? So mit sich beschäftigt, dass sie sprachlos wirkte? Sie öffnete das Fenster ganz, da sie das Gefühl hatte, nicht genug Luft zu bekommen. Aber es nützte nichts. In ihrer Kehle saß ein Kloß, der sich nicht wegatmen und nicht hinunterschlucken ließ. Im Gegenteil, er wurde größer und größer und sie musste mit aller Kraft Atem holen, um nicht zu ersticken.
Als Sabine sagte, „Du bist eine großartige Polizistin, Evelyn, aber du bist es nicht von Herzen.", da endlich ging der Kloß nach oben, und endlich konnte Evelyn weinen. Die Tränen liefen ihr die Wangen hinunter und mit jedem Schluchzer wurde der Kloß weniger und weniger. Sie hielt die Hände vors Gesicht und weinte, bis sie nicht mehr

konnte. Sabine reichte ihr ein Taschentuch und sie nahm es wortlos an. Sie fühlte sich zu Tode erschöpft und dennoch leicht wie eine Feder. Ein ewiger Druck war von ihr gewichen und sie atmete dankbar und war gleichzeitig zutiefst verwirrt.

„Entschuldige", sagte sie leise zu Sabine.

„Ist schon gut", sagte diese. „Es tut mir leid, dass ich so deutlich zu dir war. Ich wollte nicht, dass du weinst."

„Es hat mir gutgetan", sagte Evelyn. „Ich danke dir." Sie blickte die Kollegin aus geschwollenen Augen an. „Ich habe dich völlig falsch eingeschätzt", bekannte sie. „Das tut mir leid."

„Jetzt ist es aber genug mit Entschuldigungen und Leidtun", sagte Sabine barsch, da sie nun selbst gerührt war. „Was hältst du von einem Eiskaffee? Der bringt uns wieder zur Vernunft."

„Gute Idee", lachte Evelyn.

Sie wurden dann aber zu einer weiteren Ruhestörung und zu einer Rauferei zwischen betrunkenem Ehemann und bodygebuildeter, bei weitem überlegener Ehefrau gerufen und es wurde Abend, bis sie ihren Eiskaffee holen konnten, den sie mit ein paar Hamburgern genossen. Evelyn betrachtete Sabine von der Seite.

„Es gefällt mir, wie du dich schminkst", sagte sie zu ihrer eigenen Überraschung. Schminken gehörte nicht in ihr Repertoire, aber warum eigentlich?

„Danke", sagte Sabine. „Mir gefallen deine Haare. Warum trägst du sie so ohne alles?"

„Ich weiß nicht. Wahrscheinlich aus Gewohnheit."

„Gewohnheiten kann man ändern. Schau mal", sagte sie und löste die schlichte Spange aus Evelyns Haarknoten. Sie flocht das herunterfließende Haar zu einem dicken Zopf, legte ihn über Evelyns Dekolletee und verschloss einen langen Rest mit der Spange. „Wie gefällt dir das?"

Evelyn betrachtete sich so gut es ging im Rückspiegel. Sie platzte heraus „Ich sehe aus wie die Liesel vom Land!" Sabine musste auch lachen und sie fuhren weiter und Evelyn löste den Zopf wieder und band das Haar zu einem Pferdeschwanz, mit dem sie aussah wie ein kleines Mädchen. So ließ sie es und fühlte sich wohl.
Als sich um 20 Uhr die beiden Frauen voneinander verabschiedeten, war Evelyn müde und glücklich. So glücklich, wie sie es seit langer Zeit nicht mehr gekannt hatte.

++++

Edwin sah Angie erst wieder am Samstag. Unter der Woche wäre es einfach zu spät geworden, wenn er sie nach dem Duschen und Essen noch besucht hätte. Sie telefonierten kurz und machten aus, dass er sie am Samstagabend zu sich holen würde. Angie hatte mittags Gäste, die auch Rosas Freunde waren und denen sie nicht absagen mochte.

Es ging ihr langsam besser. Sie brauchte nicht mehr dreimal täglich eine Schmerztablette zu nehmen, sondern nur noch einmal. Am Samstag nahm sie keine. Sie war nicht mehr zur Kontrolle ins Krankenhaus gegangen, auch nicht zu ihrem Hausarzt. Sie merkte selbst, dass ihre Verletzungen heilten, dazu brauchte sie keinen Arzt, der sie stundenlang warten ließ, sie flüchtig untersuchte, ihre Fragen nicht beantwortete und dann eine Rechnung über hundert Mark schickte. Mindestens.

Edwin holte sie abends ab. Er sah müde aus. Am rechten Unterarm hatte er eine breite Abschürfung, die dunkelrot verkrustet war.

„Was hast du da gemacht?" fragte Angie, als sie im Auto saßen und er losfuhr.

„Das ist nichts", meinte er. „Nur ein Stamm, der mich gestreift hat." Sie sah auf jeden Fall frischer aus als am Mittwochmorgen. Ihre Bewegungen waren noch steif, hatte er bemerkt, als sie einstieg, aber sie schien auf dem Weg der Besserung zu sein.

Es gab Menschen, erinnerte er sich, die sich von jeder Krankheit besiegen ließen. Sie hatten den Verlierer-Ausdruck im Gesicht. Angie zählte zu denen, die den Spieß umdrehten. Bei ihr hatte eine Krankheit keine große Chance.

„Hast du Hunger?", fragte er sie, „ich habe etwas vorbereitet."

Angie freute sich. „Ich sollte wohl Hunger haben", meinte sie, „aber ich habe keinen. Schon seit Tagen. Tante Rosa flattert besorgt um mich herum und bietet mir meine Lieblingsspeisen an, aber ich esse nur, um sie nicht zu enttäuschen."

„Mir geht es ähnlich", sagte Edwin. „Erst als dieser Stamm mich streifte, weil ich auf ihn zugetaumelt bin, wurde mir klar, dass ich den ganzen Tag nichts gegessen hatte." Es war gefährlicher gewesen als er zugeben wollte. Edwin war so ohne Appetit gewesen, dass er auch das Trinken vergessen hatte, und er wäre beinahe unter den fallenden Baum gekippt. Danach hatte er sich gezwungen, vernünftige Mengen an Essen und Trinken zu sich zu nehmen.

Edwin lebte im Stadtteil Wäldenbronn, diesem sonnigen und grünen Stück Erde direkt am Anstieg zum dunklen Schurwald. Der Schurwald hatte es geschafft, Durchgangs- und Umgehungsstraßen zum Trotz ein wilder und lebendiger Wald zu bleiben. Er bestand aus etwa gleichen Teilen Nadel- und Laubwald und hatte viele Bäche und kleine Lichtungen, durch die seine Wildheit gemildert wurde. Man konnte zigmal die gleichen Waldwege spazieren, sie waren immer wieder anders und veränderten sich mit den Jahreszeiten zusätzlich. Im Laufe der Jahre bekam man die Wiederholungen im Kreislauf der Pflanzen mit und damit ein Gefühl für das immer Gleiche im Wandel.

Jetzt im Juli wuchsen Fingerhut, himbeerrot bis malvenfarben, es blühten die hohen Disteln und leuchteten wie weiße Kugeln. Die wattigen Samen wurden vom Wind weggeblasen, schwebten wie Flocken durch die Luft und sammelten sich am Boden wie Zuckerwatte. Bald würden die Glockenblumen blühen, so blau, dass man verstehen konnte, wie die Dichter des Mittelalters sich sehnsuchtsvoll auf die Suche nach der nie gefundenen blauen Blume begeben hatten.

Die Häuslesbesitzer von Wäldenbronn hatten sich gescheut, die Schönheit des Waldes durch Wohnblöcke zu brüskieren, und so gab es lauter Ein- und Zweifamilienhäuser, alle mit Gärten, die voll waren von Büschen, Bäumen und Blumen. Wäldenbronn lag immer in der Sonne, vom frühen Morgen bis zum späten Abend, wenn die Sonnenkugel hinter Stuttgart versank. Die Menschen lebten im Sommer im Freien, sie aßen auf Terrassen und Balkonen, saßen lesend und Kinder beaufsichtigend unter mit wildem Wein oder Blauregen bewachsenen Freisitzen oder werkelten am Feierabend in offenen Garagen und Schuppen vor sich hin.

Edwin hielt vor dem Haus, in dessen Obergeschoß er eine Wohnung gemietet hatte. Der Schuppen daneben gehörte ihm ebenfalls. Dort hatte er einen Teil seiner Ausrüstung und eine Werkbank untergebracht. Er führte Angie in den ersten Stock und schloss die Türe auf. Es roch einladend nach Essen, selbst für die appetitlose Angie. Edwin hatte kaum Möbel, aber was er hatte, war offenbar selbstgemacht. Angie strich über die Lehnen eines Sessels.

„Schön ist es hier", sagte sie lächelnd.
Es gab einen kleinen Teppich im Wohnzimmer, ein Sofa und einen Sessel. Angie sah einen massiven Schrank und ein paar Bücherregale, aber keine elektronischen Geräte. Computer, Fernseher und Stereoanlage waren entweder woanders oder es gab sie nicht.

Edwin rief aus der Küche „Was willst du trinken?" und sie spazierte zu ihm und sagte „Weißwein, wenn du hast."

Er holte eine Flasche aus dem Kühlschrank, entkorkte sie und schenkte ihr ein Glas ein. Für sich goss er Apfelsaft und Sprudel in ein Halbliterglas.

„Herzlich willkommen", sagte er und schaute ihr in die Augen. Sie tranken.

„Danke", sagte Angie. Sie stellte ihr Glas ab und war befangen.
Er stand eine Weile still, steckte dann seine Hände nach ihr aus und zog sie an sich. Sie atmete auf. Wenn es nach ihr ging, brauchte er sie nicht mehr loszulassen.Er strich über ihren Kopf und ihren Rücken.

„Tut das weh?" fragte er. „Nein", sagte sie, „nur wenn ich mich anstoße oder eine schnelle Bewegung mache."

„Gott sei Dank", sagte er mit einem Seufzer, „ich habe mir
solche Sorgen gemacht."

„Wirklich?" fragte sie und ein Blitzen kam in ihre Augen.
„Hast du dir wirklich schlimme Sorgen um mich gemacht?"

Sie lachte, als er sie drückte und zur Antwort so heftig
küsste, dass sie meinte, ihr Mund müsse verbrennen.

„Du bist die undankbarste Frau, die ich kenne", sagte er
und ließ sie los, um am Herd eine Platte auszuschalten.

Sie aßen in der Küche, die einen kleinen Tisch enthielt,
der gerade groß genug für zwei Personen war. Es gab
gegrillten Lachs mit Bratkartoffeln und Salat. Wohl weil sie
lange nicht mehr richtig gegessen hatten, wirkte das
Essen wie eine Droge auf beide. Sie wurden fröhlich und
gesprächig.

Edwin zog Angie nach dem Essen ins Wohnzimmer zu
sich auf die Couch und sie redeten weiter. Er stand nur ab
und zu auf, um einen Espresso zuzubereiten, ein Eis zu
servieren und die Getränke nachzuschenken. Der Himmel
hatte aufgeklart und durch die Fenster leuchteten die
umgebenden Dächer und Bäume im Widerschein der
Abendsonne.

Angie hatte angefangen, von sich zu erzählen. Nur einige
wenige Dinge, die ihr wichtig schienen für Edwins
Verständnis.

Am Anfang von Angies Leben war ein derartiges Ausmaß
von Gewalt gestanden, dass einige Kontinente in Angies
Innenwelt vollkommen zerstört worden waren. Es
handelte sich überwiegend um die Kontinente Sexualität,
Vertrauen zu anderen und Liebe zu sich selbst. Da die
Erfahrung der Gewalt so früh gewesen war, wurde die
Erinnerung daran gelöscht und Angie versuchte als

Teenager und Erwachsene in der reellen Welt zu bestehen, ohne sich auf ihre drei wichtigen inneren Kontinente stützen zu können.

Dieses Vorhaben erwies sich als undurchführbar. Mit dreißig war Angie so krank, dass ihre Krankenversicherung ihr einen Antrag auf Rente zuschickte und sie loswerden wollte. Angie hatte es einem jungen Assistenzarzt, ein Kollege, mit dem sie selten zu tun hatte, zu verdanken, dass er sie freundlich in Richtung Psychotherapie wies.Von selbst wäre sie nicht daraufgekommen. Es dauerte trotzdem noch ein Jahr, bis sie diesen Fingerzeig in die Tat umsetzte, aber dann hatte sie gewonnen.

Jetzt erst konnte sie sehen, was in ihr kaputt war und was solide und ausbaufähig war. Sie fand ihre Erinnerung wieder. Sie probierte das Leben neu aus, probierte sich aus und baute neue Kontinente in sich. Erst jetzt konnte sie selbstbewusst auf Männer zugehen und all die Erfahrungen machen, die andere mit fünfzehn oder zwanzig machten.

Die Erfahrungen hatten sie klüger gemacht und manche Bedürfnisse in ihr gestillt. Höhenflüge hatte sie nicht erlebt und einen Partner fürs Leben hatte sie auch nicht gefunden. Seit zwei Jahren lebte sie ohne Mann und hatte festgestellt, dass in dieser Zeit etliche Wunden geheilt waren.

„Es war gut, dass du unter die Männer einen Schlussstrich gezogen hast", meinte Edwin. „Sonst hättest du keinen Neuanfang machen können."

Angie lächelte. „Ja, du hast recht."

Edwin war das uneheliche Kind einer Frau, die er selten gesehen hatte. Seinen Vater hatte er nie kennengelernt. Edwin wuchs bei der Großmutter auf, die sich nicht freute, dass sie das Balg ihrer Tochter zugeschoben bekam. Die Großmutter war eine Frau, die ununterbrochen redete und nie zufrieden war. Edwin trieb es aus dem Haus. Er lief zweimal weg und wurde zurückgebracht. Beim drittenmal kam er in eine betreute Wohngruppe. Er fand, dass sich das Weglaufen gelohnt hatte.

In der Gruppe fand er sich gut zurecht. Er war ruhig und hatte, wenn es darauf ankam, einen guten Schlag. Dennoch war er darauf aus, die Wohngruppe baldmöglichst zu verlassen und allein zu leben. Dazu brauchte er Geld. Er schaute sich nach Jobs um, die er in den Schulferien machen konnte. Über eine Anzeige kam er als Sechzehnjähriger ins Fränkische bei Nürnberg und arbeitete die ganzen sechs Wochen Schulferien als Erntearbeiter. Man ging in Nürnberg ins Arbeitsamt und wählte aus, bei welchem Bauern man arbeiten wollte. Im ersten Jahr nahm er den Job mit dem höchsten Stundenlohn, zwölf Mark, und er arbeitete etwa sechzig Stunden in der Woche. Er war kräftig, ausdauernd und liebte körperliche Arbeit.

Aber das Arbeitsklima gefiel ihm nicht. Er war drei Wochen auf einem Gutshof, der modernst ausgerüstet war, und drei Wochen auf einem so genannten Aussiedlerhof, der noch ziemlich traditionell arbeitete, und jedesmal sah er, dass Geld das war, worum es ging. Das Wort Geld war dem Gutsbesitzer und dem Hofbesitzer ins Gesicht geschrieben, und Zeit war Geld und alles musste schnell gehen. Verschnaufte man oder diskutierte man über die Arbeit, ratterte schon das Geldrad im Kopf des Arbeitgebers und man fühlte sich wie ein Zeit- und Geldverschwender. Edwin ging mit einem unschönen Nachgeschmack wieder in die Heimat zurück.

Mit der Pubertät wurde ihm klar, dass er einen Beruf finden müsse, in dem sein gewaltiger Körper ausreichend Beschäftigung fand. Er machte eine Ausbildung zum

Schreiner. In seinem ersten Lehrlingsjahr hatte er nur vier Wochen Jahresurlaub, den er im Sommer nahm, und er ging wieder ins Fränkische. Er hatte sich erinnert, dass ihm damals auf dem Nürnberger Arbeitsamt ein bestimmter Bauer sehr empfohlen worden war. Er zahlte 9,50 DM in der Stunde und war für Edwin zu wenig rentabel gewesen. Dennoch war er ihm von Arbeitssuchenden empfohlen worden und Edwin beschloss, den Tip anzunehmen. Auf keinen Fall wollte er in einem geldbeherrschten Klima arbeiten, lieber verdiente er weniger.

Der Bauer hieß Andres Weidner, war um die Fünfzig, kinderlos und hatte seinen Hof in einem Tal für sich. Er baute die verschiedensten Sorten Obst, Gemüse und Getreide an und hielt Kühe, Bullen, Schweine, Schafe, Hühner, Puten und Gänse. Er hatte den Von-allem-etwas-Betrieb, der nach dem Krieg langsam ausgestorben war. Hier aber wuchs und gedieh alles und wurde so primitiv und erfolgreich bearbeitet, dass man den Kopf schütteln musste. Der Bauer hatte keine Traktoren oder elektrisch betriebenen Maschinen, sondern lediglich Pferde. Und jede Menge Erntearbeiter. Mit Pferde- und Menschenkraft gelang es ihm, üppig anzubauen und üppig zu ernten. Bei ihm gab es keine Felder, die nach der Ernte mit einer Großmaschine noch voll waren vom Erntegut. Diese Verschwendung, diese Schlamperei unter dem Namen des Fortschritts duldete er nicht.

Fuhr man mit einem automatischen Vollernter über ein Zwiebelfeld, hatte man zwar die Zwiebeln zum großen Teil geerntet, aber wie sah das Feld aus: Massenhaft Zwiebeln von den breiten Reifen zerquetscht und kistenweise Zwiebeln noch in der Erde, zwar kleine Exemplare, aber warum sollten sie in der Erde verfaulen, wenn sie von bester Qualität waren und bei guter Lagerung fast ein Jahr lang haltbar blieben?

War bei Andres Weidner ein Speisezwiebelfeld leergeerntet, so fand man darin auch keine Zwiebeln mehr. Alle Zwiebeln waren in Kisten gepackt, nach Größe sortiert, und die kleinsten, unverkäuflichen würden seinen Haushalt ein Jahr lang versorgen, und sein Haushalt war groß. Seine Frau Therese kochte in der Hofküche für die zehn, zwanzig oder auch dreißig Erntearbeiter, die je nach Erntesaison bei ihnen arbeiteten.

Und wie sie kochte! Edwin hatte so etwas noch nie erlebt. Von seinen Arbeitsstellen im Vorjahr war er gewöhnt, kein Frühstück zu bekommen, mittags Wurstsemmeln mit öligem Kartoffelsalat vorgesetzt zu bekommen und nachmittags Milchkaffee mit trockenem Hefezopf, der einem am Gaumen klebte. Abendessen musste man sich selbst besorgen. Auch die Unterkunft musste er bezahlen, es waren Massenlager in Turnhallen oder Schulen, die in den Ferien leerstanden, und so hatte sich die gute Bezahlung durch die Ausgaben relativiert.

Bei Weidner schlief man umsonst in alten Armeezelten mit Moskitonetzen und bequemen Lüftungsklappen. Die Pritschen waren ausgemusterte Kasernenbetten, die Matratzen wurden jedes Jahr neu aus dem Stroh des Vorjahres gemacht. Ab der dritten Nacht schlief man ganz gut darauf. Weidner hatte den ganzen Kram geschenkt gekriegt, als die Amis aus Nürnberg abzogen und ihre Kasernen auflösten. Es gab ein paar Plumpsklos, peinlich sauber gehalten und jedes Jahr erneuert, und eine primitive Dusche aus kaltem Wasser, alles im Freien, denn Erntezeit war Sommerzeit. Die Unterkunft kostete den Bauern wenig und die Arbeiter nichts. Sie hielt die Männer auf dem Hof und es gab kein Kneipengerenne, Sichbetrinken und Schlägereien. Alle blieben da, und da es keinen Alkohol gab, war es immer ruhig.

Die Männer standen um vier oder fünf Uhr auf, bekamen einen starken Kaffee und Butterbrezeln, knusprig, salzig und butterig, dazu frische Brötchen mit Butter und Marmelade. Gegessen wurde an einem stabilen Holztisch mit Bänken beiderseits, die den ganzen Sommer stehen blieben und im Herbst wieder abgebaut wurden. Die Männer gingen los. Autos gab es nicht und die Pferde mussten geschont werden. Zwei oder drei Fuhrwerke trotteten auf die Felder und kamen abends vollbeladen wieder zurück. Eine Brotzeit wurde den Männern aufs Feld geschickt. Sie kam um zehn Uhr. Es waren Schinkenhörnchen, noch warm vom Backen, Käsebrötchen, Wurstsalat, frisch und essigscharf, gut gegen den Durst, der bei heißem Wetter unvermeidlich war. Dazu gab es das Einheitsgetränk, selbst gepresster Apfelsaft vom Vorjahr, süß und fruchtig-sauer zugleich, gemischt mit sprudelndem Mineralwasser. Auch das war selbst hergestellt, Quellwasser mit Kohlensäure versetzt.

Das Mittagessen wurde gegen 15 Uhr geschickt. Es bestand an heißen Tagen aus Blattsalat mit gerösteten Brotwürfeln und gebratenen Putenfleischstreifen, dazu kaltes frittiertes Gemüse mit einer erfrischenden Joghurt-Knoblauchsoße und einzeln überbackene Weißbrotscheiben, die nach Knoblauch und Käse schmeckten und noch warm waren. Man konnte auch eine Art Blätterteiggebäck mit Feta und Spinat oder mit Schinken und Zucchini oder mit Hackfleisch und Tomate haben.

Wenn der Bauer mit den Männern abends auf den Hof kam, wechselten sich die Männer ab, die Ernte abzuladen und Wagen und Pferde zu versorgen. Der Rest der Arbeiter taumelte müde unter die Duschen und zog sich frische Kleider an. Dann musste man nur noch an den Tisch im Freien sitzen und brauchte sich um nichts mehr zu kümmern. Um 21 oder 22 Uhr, je nachdem, wann man fertig war, gab es das warme Abendessen: Schweinebraten oder Koteletts oder Putensteaks oder Gulasch oder Cordon bleu. Dazu Nudeln mit

Champignon- oder Tomatensoße oder Bratkartoffeln oder Pommes frites oder Kartoffelgratin. Dazu Gemüse wie Bohnen mit Schinkenspeck oder Gurken-Dill-Gemüse oder überbackene Tomaten. Die Bäuerin schien zu wissen, dass der Hunger abends am größten war und man sich nicht aufhalten konnte mit Salat oder Rohkost kauen. Es musste schnell gehen und satt machen. Nach diesem Essen waren alle satt. Nun wurde Espresso oder Capuccino serviert, was Edwin fast schon pervers vorkam. Wer hatte je davon gehört, dass ein einfacher Erntearbeiter –früher hatte man Knecht gesagt- Espresso serviert bekommen hätte? Nach dem Kaffee gab es Sahneeis, Mokka-, Schokolade- und Erdbeer-, Kirsch- oder Himbeereis, je nach Saison, denn auch das Eis war selbstgemacht. Wer dann noch essen konnte, durfte an Käse-Mohn-Mürbteiggebäck knabbern, bis er einschlief. Nach dem Eis gab es den einzigen Schluck Alkohol, den Weidner duldete. Jeder erhielt ein randvolles Glas Kirschwasser, natürlich selbstgebrannt.

Edwin kam sich vor wie im Schlaraffenland, als er Tag für Tag das köstlichste Essen aß, das er je in seinem Leben gegessen hatte, und das bei einem mehr als rückständigen Bauern in Franken.

An den Samstagen wurde gearbeitet wie an den übrigen Werktagen. Die Sonntage waren frei. Jetzt gab es Frühstück erst um acht Uhr, mit starkem Kaffee, Brötchen, Toastbrot und Hefenusskranz. Es gab Wurst, Käse und zehn Sorten Marmelade. Bei einer giftgrünen Marmelade rätselten die Männer, aus welcher Frucht sie gekocht worden sei. Sie schmeckte säuerlich, fruchtig und süß und die Spekulationen reichten von Kiwi über Stachelbeere bis zu Rhabarber. Schließlich fragten sie Therese Weidner und sie lüftete das Geheimnis um die grüne Marmelade. Sie war aus grünen Tomaten gemacht. Jeder erhielt zum Sonntagsfrühstück zwei Spiegeleier mit knusprig und fettig gebratenem Schinken. Es gab ein kaltes Mittagessen, Sülze mit Butterbrot, Fleischsalat mit würziger Mayonnaise, Kartoffelsalat mit Zwiebeln und Schnittlauch und als Nachtisch Kaffee und Kuchen. Das konnte Johannisbeer-Baiser-Kuchen sein oder ein versunkener Kirschkuchen oder ein Walnusskuchen mit Zitronenguss oder ein gedeckter Mürbteig-Apfelkuchen mit in Weinbrand getränkten Rosinen und Vanille-Zimt-Aroma.

Abends ließ man sich Zeit zum Essen. Auf dem gemauerten Grill, in dem an kalten Tagen ein Feuer gemacht wurde, um die Männer zu wärmen, wurden Würste gegrillt, die typischen Nürnberger Rostbratwürste oder die hautlosen Oberländer oder die weißen Kalbsbratwürste. Es wurden Hähnchenhälften gegrillt und Schweinenackensteaks und scharf gewürzte Rippchen, zu Dutzenden. Dazu gab es Kartoffeln, die man selbst schälen musste, mit Butter, Salz und Pfeffer, und Kräuterbrot, Weißbrot, das in Scheiben geschnitten, mit Kräuterbutter bestrichen und wieder zusammengefügt und in Alufolie gewickelt gegrillt worden war. Am Sonntag gab es nicht das Einheitsgetränk Apfelsaftschorle, sondern alkoholfreies Bier. Nicht dass die Männer über den Anti-Alkohol-Tick des Bauern gemurrt hätten, sie verstanden ihn nur nicht.
Aber nach dem Espresso und Apfelstrudel oder Tiramisu gab es den Obstler und damit waren sie einigermaßen versöhnt.

Edwin konnte sich nicht vorstellen, dass sich dieser Aufwand an Essen für den Bauern rentieren konnte. Aber der Bauer stand finanziell besser da als sein mit modernsten Maschinen ausgerüsteter Kollege. Denn er hatte kaum fixe Kosten. Der Anschaffungspreis für ein Pferd mit Wagen war um die 10 000 DM-Grenze. Das Pferd diente ihm zwanzig Jahre lang, der Wagen noch länger. Wogegen eine Erntemaschine um die 100 000 DM kostete. Die Alternative zur Anschaffung einer Maschine lag im Ausleihen einer Maschine. Aber der Maschinenring konnte seine Maschinen nicht allen Bauern genau an dem Tag leihen, an dem die Zeit und das Wetter ideal waren. Einer musste immer warten und bekam dann das schlechte Wetter und die ungünstige Ernte. Weidner blieb lieber unabhängig und hatte überschaubare Ausgaben. Was die Pferde ihn kosteten, produzierte er selbst. Das ging so nebenbei. Er hatte einen festangestellten Mitarbeiter, der das ganze Jahr über alle Tiere versorgte. Die vielen Menschen, die Weidner brauchte, bekam er fast mühelos, da sie sich bei ihm wohlfühlten und immer wiederkamen.

Das üppige Essen, über das sich alle wunderten, war so billig, dass es kaum ins Gewicht fiel. Schweine, Puten und Hühner zog er selbst, auch Gemüse, Obst und Kartoffeln. Sie mussten fast nichts kaufen und konnten so viel dafür bieten.

Den Sommer über hatte seine Frau zwei Küchenhilfen, erfahrene Hauswirtschafterinnen, die als Rentnerinnen gerne dazuverdienten und das fröhliche Arbeitsklima am Hof schätzten. Und der Arbeitslohn für die Saisonarbeiter, der größte Brocken, der in Geld bezahlt werden musste, kam mehr als herein durch den Erlös der Ernte. Weidner poduzierte billig und verkaufte so teuer wie die anderen. Das war sein Erfolgsrezept. Die Vielfalt seiner Produkte behinderte ihn nicht. Er hatte Zeit und Helfer, alles gründlich anzubauen, zu wässern, vom Unkraut zu befreien und zu ernten.

Im Winter, wenn die Wintergerste ausgesät war, die Ställe und Zäune ausgebessert und die nötigen Renovierungsarbeiten durchgeführt waren, wenn der Schriftkram erledigt war und seine Frau ihm auf die Nerven ging, weil sie kaum zu kochen hatte, ging er zu seinen Tieren.

Er kümmerte sich um die Pferde, sprach mit den Kühen und halbwüchsigen Lämmern und setzte sich zu dem Federvieh. Und freute sich auf das Frühjahr, wenn das Pflügen und Säen losging und die jungen Kälber kamen.

Edwin nahm aus dieser Zeit eine Liebe zu gutem Essen mit, und als er seine eigene Wohnung hatte, besorgte er sich Kochbücher und verbrachte seine einsamen Wochenenden mit Kochen und Backen. Dabei wurde ihm klar, dass die Bäuerin bei ihren Gerichten Anleihen aus der italienischen, türkischen, österreichischen und amerikanischen Küche genommen hatte, und sein Respekt für Therese Weidner wuchs im Nachhinein.

Edwin war in seiner Gesellenzeit nicht zufrieden. Das Stehen in staubigen Räumen, das oft minderwertige Holz, das er verarbeiten musste, und die Abhängigkeit vom Meister, auch dieser ein Schwätzer wie die Großmutter, behagten ihm nicht.

Er machte eine Umschulung zum Forstwirt und wusste sofort, dass dies der richtige Beruf war. Er war draußen, arbeitete überwiegend allein und er brauchte niemandes Geschwätz anzuhören.

Mit siebzehn verliebte er sich in eine lebenslustige Fünfzehnjährige. Er, der nie gedacht hätte, dass sich ein Mädchen überhaupt für einen so hässlichen Kerl wie ihn interessieren könnte, war voll von Dankbarkeit. Mit achtzehn verlobte er sich. Zu diesem Zeitpunkt konnte er nicht länger ihren und seinen Wunsch nach Sex ignorieren. Sie schliefen miteinander und er verletzte sie so sehr, dass sie hysterisch wurde. Sie schrie, als er mit ihr schlief und sie schrie, als sie das Blut an sich sah und sie hörte nicht auf zu schreien, bis sie sich so steigerte, dass sie in Ohnmacht fiel. Es war das entsetzlichste Erlebnis seines Lebens. Ihre Eltern verboten ihm, sie wiederzusehen, und verschlossen ihr Haus vor ihm. Seine Briefe an das Mädchen kamen ungeöffnet zurück. In diese Zeit fiel sein Selbstmordversuch. Er versuchte, sich die Pulsadern aufzuschneiden, brachte es aber nicht fertig, tief genug zu schneiden.

Damals begann er die Ausbildung zum Forstwirt, die ihm über diese schwere Zeit hinweghalf. Zwei Jahre später hatte er eine Affäre mit einer Achtzehnjährigen. Edwins sexuelle Energie war so aufgestaut gewesen, dass er fast jede Frau genommen hätte, um sich zu befriedigen. Sie schliefen ein paarmal miteinander, aber dann gab ihm das Mädchen zu verstehen, dass sie einen sanfteren Mann bräuchte, und das war's. Mit zwanzig beschloss Edwin, allein zu bleiben. Er konnte seine sexuellen Erlebnisse nicht einordnen und nicht verdauen, sondern nur verdrängen. Keiner hatte offen und wohlmeinend mit ihm gesprochen oder ihm einen Rat gegeben. Er war für immer entmutigt.

„Wie alt bist du jetzt?" fragte Angie.
„Ich bin dreiunddreißig", antwortete er.
„Eindeutig Zeit für einen Neuanfang", meinte sie.
„Ja", sagte er leise, „genau wie bei dir."

Sie hielten sich schweigend bei der Hand. Es wurde dunkel. Eine Amsel sang laut und melodisch.
„Darf ich dir einen Rat geben?" fragte Angie.
„Ja, gib mir einen Rat."
„Wenn du das nächstemal mit mir schläfst, dann sei ganz du. Hab keine Angst vor dir. Du bist weder brutal noch grob noch hässlich. Du bist ein feinfühliger und liebenswerter Mensch."
Edwin holte tief Luft. „Das würde ich gern glauben", meinte er zweifelnd, „aber ich kann nicht."

Dennoch fühlte er sich besser. Sie war der erste Mensch, dem er von seinen Erlebnissen erzählt hatte, und sie war nicht davongelaufen, sondern saß immer noch bei ihm.
„Bleibst du heute nacht hier?" fragte er sie.
„Ja", sagte sie, „ich bleibe hier."
„Magst du noch was trinken?
Sie schüttelte den Kopf. „Ich möchte dich."

Er griff sie langsam an den Schultern und küsste sie auf den Hals. Er zog ihr T-Shirt mit einem Ruck über ihren Kopf und ließ es fallen. Er musste endlich ihre Halsgrube küssen, die er schon den ganzen Abend betrachtet hatte. Und die Schlüsselbeine und den Brustansatz und die Spalte zwischen den Brüsten. Er umfing ihre Brüste, schob sie zusammen und ließ seine Zunge zwischen ihnen wandern. Angie öffnete ihren BH. Dann schob sie seine Hände weg und öffnete ihren Rock und streifte alle Kleider ab, bis sie nackt war. Er stand auf, holte sich vom Schlafzimmer ein Kondom und öffnete seine Hose, um es anzuziehen.

Angie sah ein, dass sie mit ihrer Rückenprellung nicht liegen konnte, das Gewicht ihres Liebhabers auf sich. Sie würde sich vor Schmerzen nicht entspannen können. Während er sich noch auszog, zog sie ihn auf den Boden und drehte ihm ihren Rücken zu. Sie machte sich daran, seine Knie zwischen ihre Beine zu nehmen, und sützte sich auf Händen und Knieen ab. O nein, dachte er und zog seinen Schlüpfer herab. Da Angie seine Knie umklammert hielt, ließ er den Schlüpfer los und strich mit seinen Händen über ihr Gesäß und hinauf bis zu ihren Schultern, wie um Maß zu nehmen. Noch nie hatte sich ihm eine Frau in dieser Stellung dargeboten. Er konnte gar nicht hinsehen, so sehr wühlte ihn der Anblick auf.

Angie wölbte ihren Rücken unter seinen Händen, verspürte aber einen jähen Muskelschmerz und hielt wieder still. Ihr geöffnetes Geschlecht verlangte nach Wärme und Berührung. Sie schob sich ihm rückwärts entgegen. Er küsste ihre Pobacken, ihre Hüften und die empfindliche Lendengegend. Angie schauderte und ließ seine Knie aus dem Druck ihrer Beine. Sie öffnete ihre Beine noch mehr und wartete auf die ersehnte Berührung.

Er legte sich über sie, sich mit einem Arm auf dem Boden abstützend, und umfasste mit der anderen Hand ihre Hüfte, bis seine Hand auf ihrem Bauch lag. Angie spürte seinen warmen Körper auf ihrem Rücken und fühlte sich wohl. Sein Mund suchte ihren und sie drehte den Kopf zur Seite, um sich finden zu lassen. Edwin schob ihr seine Zunge zwischen die Lippen und sog an ihrer Zunge. Er ließ sie nicht los, sondern verminderte und verstärkte den Sog rytmisch. Seine Hand bwegte sich von ihrem Bauch zu ihrem Schamhügel und zu ihrem Geschlecht. Er bedeckte ihr Geschlecht mit seiner Hand und wieder fühlte sich seine Wärme wohlig an.

Angie löste ihre Zunge aus seinem Mund, weil sie schnell atmete. Sie schwitzte und merkte, wie sein Atem ihre nasse Haut kühlte. Ihre Beine fingen an zu zittern. Edwin senkte seine Hand leicht in ihre feuchte Öffung und drang gleichzeitig aus der entgegengesetzten Richtung mit seinem Glied ein. Sie stöhnten gleichzeitig auf. Er stützte nun auch seine andere Hand auf dem Boden auf und stieß zu.

Angie war erschüttert. Er stieß so fest zu wie er Lust hatte und dann nocheinmal und nocheinmal. Angie brach zusammen. Die Stöße wirkten wie Schläge auf ihr Eingeweidesystem. Die Gewalt nahm ihr die Luft weg. Eine uralte Erfahrung riet Angie, sich unter der Gewalt zu ducken, aber sie war verwirrt, weil sie keinen Schmerz spürte. In dieser Ratlosigkeit geschah etwas mit ihr. Etwas Unheimliches bahnte sich an. Aus den Ecken ihres Inneren kam etwas Unbekanntes unaufhörlich auf sie zu. Es kam näher und näher und sie geriet in Panik, als sie merkte, dass es sie überwältigte und sie verloren war. Erst als sie krampfte und ihr Unterleib rytmisch schwang, begriff sie und war unendlich erleichtert. Sie hatte ihren ersten Orgasmus mit einem Mann.

Edwin hatte gestoßen, sooft er glaubte, es wagen zu können, und als Angie fiel, sofort damit aufgehört. Er konnte nicht sprechen, weil er zum Platzen erregt war, und als sie krampfte, spürte er den saugenden Rhythmus an seinem Glied und überließ sich seiner Explosion.
Als Angie wieder normal atmen konnte und Edwin sie wieder und wieder beruhigt hatte, war ihr Mund wie ausgedörrt und ihre Stimmung zum Weinen.

Es war zuviel für sie gewesen. Sie wollte ihre Ruhe haben und sich einrollen und schlafen.
Edwin konnte sich denken, dass sie durcheinander war, und schaffte es, sich nicht die größten Vorwürfe zu machen. Er hob sie auf, brachte sie in sein Bett und deckte sie zu. Er holte ihr ein Glas Weißwein aus dem Kühlschrank und überredete sie, es zu trinken. Er hielt das Glas für sie, weil sie zu zittrig war. Sie lehnte es ab, etwas zu essen, und legte sich wieder hin. Er steichelte sie noch eine Weile, merkte dann aber, dass sie allein sein wollte, und ging leise ins Wohnzimmer.

Er bemerkte, dass er immer noch nackt war, und beschloss, eine Dusche zu nehmen. Danach kam er in Boxershorts und T-Shirt in die Küche zurück und goss sich nochmal etwas zu trinken ein. Er mochte keinen Alkohol, hatte ihn noch nie gemocht. Alkohol schien ihn so zu verändern, dass er nur noch von Ekel erfüllt war. Er hatte nichts dagegen, wenn andere tranken und ihn vertrugen, aber selbst trank er nicht.
Die Nacht war so still, dass er das Küchenfenster öffnete, um sich zu vergewissern, dass die gewohnten Umgebungsgeräusche nicht völlig verstummt waren. Aber da waren sie noch: das Rauschen der Güterzüge ganz in der Ferne und ab und zu ein Auto, das die Straße entlangfuhr. Der Nachtwind strich knisternd durch die Obstbäume und einige Zweige schabten an der Schuppenwand. Er atmete den Duft des Holzschuppens

ein und die verheißungsvolle fruchtige Säure der Apfelbäume. Er wurde müde.

Edwin ging leise ins Schlafzimmer. Er nahm Angies gleichmäßige Atemzüge wahr und den leichten Geruch nach Wein. Er öffnete das Fenster, um frische Luft einzulassen, hob dann vorsichtig die Bettdecke hoch und legte sich zu Angie.
Sie drehte ihm den Rücken zu und er legte sich so, dass er parallel zu ihr lag und einen Arm über ihre Taille legen konnte. Er schloss die Augen, ließ Film über Film an sich vorübergehen, blitzartige Bilder aus seiner Kindheit, seiner Jugend und von seinen Erlebnissen als Mann. Er wartete geduldig, bis sein Inneres ihm gezeigt hatte, was es beschäftigte, und schließlich ging der Film zu Ende und er schlief ein.

++++

Irgendetwas hatte sich im Team verändert, fand Rossi. Er hatte den Samstag frei und ging einkaufen, um seine mageren Vorräte an Lebensmitteln aufzubessern.
Gestern fand er im Briefkasten eine Aufforderung des Familiengerichts, seiner Frau und seinen Kindern mehr Unterhalt zu zahlen. Daraufhin hatte er sich betrunken. Gern würde er mehr zahlen, wenn ihm dann jemand sagen konnte, wie er seine Miete bezahlen sollte. Dass er im Existenzminimum lebte, während Frau und Kinder in Kalifornien lebten wie die Maden im Speck, das war nun wirklich nicht einzusehen. Er müsste zu seinem Rechtsanwalt gehen und die Sache ändern lassen. Das kostete Geld. Er hatte kein Geld. Es war zum Verzweifeln. Man sollte verbieten, solche Gerichtsbescheide am Freitag zu versenden. Nun musste er abwarten bis Montag, bevor er einen Schritt unternehmen konnte, und das bedeutete, dass er sich heute Abend wieder betrinken würde, nur um die Spannung loszuwerden.

Während er Butter, Käse und Wust aus der Kühltheke nahm und in seinen Einkaufswagen gleiten ließ, überlegte er, was sich im Team verändert hatte. Bei der Dienstplanbesprechung gestern war eine andere Stimmung gewesen als sonst. Er grübelte. Er stand vor dem Regal mit Körperpflegeprodukten und wusste nicht mehr, welches Deo er benutzte. Sollte er 8x4 nehmen oder Axe? Wahrscheinlich hatte er beide schon mal gehabt. Welches war gut gewesen? Er warf das billigere in den Wagen. Nun zum Brotregal.

Evelyn war anders gewesen!
Mit einem Ruck blieb er stehen und erhielt einen Stoß in die Kniekehle.

„Entschuldigung", murmelte eine bebrillte Vierzehnjährige hinter ihm und ihrem Einkaufswagen.
„Ist okay", gab er zurück. Bei diesen Youngstern musste man froh sein, wenn sie überhaupt bemerkten, dass sie einen anfuhren. Geschweige sich auch noch entschuldigten.

Evelyn hatte gelacht! Sie hatte ein völlig verändertes Gesicht gehabt. War nicht das Haar auch noch anders als sonst gewesen? Warum hatte Evelyn gelacht? Er kannte sie nur still und verschlossen. Ein Stich der Eifersucht piekte ihn. Hatte sie sich etwa verliebt und war deshalb glücklich? Bei der Besprechung letzte Woche war sie noch nicht verändert gewesen. Konnte man sich innerhalb einer Woche so verlieben, dass man ein ganz anderer Mensch wurde und lachte?

Rossi wurde traurig. Da hatte eine Veränderung bei Evelyn stattgefunden und er hatte keinen Anteil daran. Jemand anders hatte Evelyn glücklich gemacht, nicht er. Rossi stutzte. Schon wieder nicht er. Immer kamen ihm andere Männer zuvor. Schnappten ihm die Frau weg, die ihm etwas bedeutete.

„Müssen Sie noch lange überlegen oder darf ich auch mal ran?" fragte ihn eine Hausfrau süffisant.

„Nein!" schrie Rossi, so dass sie zusammenzuckte, „Jetzt bin ich dran!"

Er wusste, dass er unfreundlich war, aber er war auch nur ein Mensch. Rasch schnappte er sich ein Brot und machte sich aus dem Staub, bevor die Hausfrau sich erholen konnte.

++++

Angie erwachte von dem lauten Morgengesang der Amsel im Apfelbaum. Es war taghell, aber nicht entsprechend geräuschvoll draußen. Ihr fiel ein, dass es Sonntagmorgen war.
Etwas lag schwer auf ihrem Bauch und sie öffnete nun ihre Augen ganz und sah, dass Edwin fest schlafend auf dem Bauch lag und einen Arm über ihren Bauch gelegt hatte. Sie bekam fast keine Luft, so schwer war er.
Sie schob den Arm weg und beschloss aufzustehen, um ihre volle Blase zu entleeren.
Mit halb geschlossenen Augen und steifen Beinen wankte sie dorthin, wo sie das Badezimmer vermutete, setzte sich auf die Toilette und erleichterte sich.

Ein Blick in den Spiegel über dem Waschbecken zeigte ihr eine nicht gerade schmeichelhafte Ausgabe ihrer selbst, geschwollene Lider, verstrubbelte Haare, rote Striemen an der Wange von Kissenfalten, und sie bemerkte, dass sie ungewaschen roch. Angie stieg in die Durschkabine und nahm eine Dusche. Nun fühlte sie sich schon eher als Mensch. Sie fand keinen Fön und rieb ihre Haare mit dem Handtuch so trocken, wie sie konnte.

100

Erschöpft von dieser morgendlichen Anstrengung ging sie ins Wohnzimmer und sank auf das Sofa. Da lagen noch ihre Kleider von gestern abend. Sie zog sie an.

Angie hatte die Morgen danach nie schön gefunden. Der Zauber der Nacht war weg, alles sah nüchtern und hässlich aus und man war sich fremd und wusste nicht, was man reden sollte. Heute hatte sie zudem noch einen Brocken zu verdauen, der ihr schwer auf der Seele lag. Sie hatte sich einem Mann hingegeben, ganz und gar, und das passte ihr nicht. Sie verstand jetzt in der Rückschau auf die Jahre mit ihren Männerbeziehungen, dass sie ihre Lust so kontrolliert hatte, dass sie nie überwältigt worden war. Sie hatte die Fäden in der Hand gehabt. Das hatte sich nun geändert, und Angie gefiel das nicht.

Sie wäre so gern nach Hause gegangen, hätte sich verkrochen und über alles nachgedacht. Sie brauchte Abstand.

Seufzend schaute sie auf die Wanduhr. 6.50 Uhr. Sie brauchte nur die Tür aufzumachen und zu gehen. Aber sie konnte nicht. Diesen Abgang hatte Edwin nicht verdient.

Angie hob ihre Beine auf das Sofa, legt sich zur Seite und schlief ein.

++++

Rossi hielt es nicht in seiner Bude. Er verstaute seine Einkäufe und ging wieder raus. Er fuhr mit dem Bus in die Stadt. Falls nämlich der Tag so schief weiterging wie dieses ganze Wochenende begonnen hatte, konnte es sein, dass er sich gleich in der Stadt betrank, und dann wollte er nicht mit dem Auto nach Hause fahren.

Rossi liebte Kneipen und Restaurants. Er liebte alle gastfreundlichen Plätze, in denen man essen, trinken und sich ablenken konnte. Er war einfach ein Außenmensch, den es nicht in Räumen hielt.

Wie ferngesteuert strebte er im Stadtteil Oberesslingen auf Evelyns Wohnung zu. Er kannte die Adresse auswendig, auch ihre Telefonnummer. Seine Verliebtheit hatte eindeutige Zeichen der Annäherung angenommen. Und jetzt trieb ihn auch noch die Eifersucht.
Klopfenden Herzens läutete er an Evelyns Haus. Nichts. Natürlich, sie war nicht da. Bestimmt hatte sie ein Date mit ihrem Liebhaber. Er läutete wieder. Nicht auszudenken, wenn er jetzt unverrichteter Dinge wieder weggehen müsste. Keine Antwort. Er überlegte schon, ob er an den anderen Klingeln läuten und Evelyn eine Nachricht hinterlassen sollte, da sprach ihn jemand von hinten an.
„Hallo, Herr Rossi", sagte Evelyns Stimme, „was führt Sie zu mir?"
Rossi fuhr herum. Da stand jemand, der ihm nur vage bekannt vorkam. Diese Jemand hatte wohl Evelyns Stimme, aber sie war nicht Evelyn. Sie war ein vierzehnjähriges kräftiges Mädchen mit Bubenfrisur und einem Lächeln; das ihre hübschen und frechen Zähne zeigte.

Evelyn bemerkte Rossis Verwirrung und lachte.
„Ich bin es wirklich", sagte sie, während sie mit einer Hand die Tür aufsperrte und mit der anderen ihre Einkaufstüten hielt.

„Kommen Sie und erzählen Sie mir, was los ist", lud sie ihn ein und hielt die Haustür für ihn auf.
Rossi war so verwirrt, dass er ohne Worte gehorchte.

„Ich komme gerade vom Frisör", erklärte sie treppensteigend, „und dachte, für diese mutige Tat hätte ich ein tolles Essen verdient. Wenn Sie wollen, dürfen Sie kochen helfen und mitessen."

Leicht außer Atem schloss sie ihre Wohnungstür auf und Rossi, der allmählich wieder zu sich kam, nahm ihr endlich die Tüten ab und murmelte „Vielen Dank."

Sie führte ihn in die schnuckelige Küche und nahm ihm die Tüten wieder ab.

„Bitte", bot sie ihm einen Stuhl an dem schmalen Esstisch an. Rossi setzte sich und räusperte sich. Er hatte das Gefühl, eine Erklärung abgeben zu müssen.

„Ich benehme mich total idiotisch", bekannte er und Evelyn lächelte.

„Entschuldigen Sie, dass ich einfach so vor Ihrer Tür stehe. Aber ich wollte mit Ihnen reden, wenn Sie erlauben." Er wurde rot.

Evelyn sah ihn aufmerksam an und sagte „Geht es um etwas Berufliches oder etwas Privates?"

„Um etwas Privates", antwortete er, immer noch rot.

„Dann würde ich sagen, dass wir uns es so gemütlich wie möglich machen. Möchten Sie einen Kaffee?" Rossi nickte dankbar. Eine Tasse gäbe seinen Händen etwas zu tun.

Evelyn füllte die Kaffeemaschine mit Wasser und Kaffeepulver und schaltete sie ein.
Sie nahm auf dem anderen Küchenstuhl Platz, sprang aber noch einmal auf. „Ich muß die Kühlsachen in den Kühlschrank stellen", erinnerte sie sich selber.
Als das erledigt war, setzte sie sich und blickte Rossi an.
Sie trug schwarze Jeans und ein schwarzes, weites Sweatshirt, das an den Nähten und Bündchen fast gebleicht war vom vielen Waschen. Das Shirt hatte einen V-Ausschnitt und rahmte Evelyns dreieckiges Gesicht ein

wie ein besonders hübscher Rahmen. Die kurzen Haare machten sie um zehn Jahre jünger. Der weibliche Körper aber, der noch weiblicher geworden war, denn Evelyn hatte ein paar Pfund abgenommen, stand in einem so reizvollen Kontrast zu dem Kindergesicht, dass es Rossi schien, als säße er der begehrenswertesten Frau der Welt gegenüber.

Plötzlich kam er sich alt und verbraucht vor und sein Ansinnen, Evelyns Aufmerksamkeit für sich zu gewinnen, ja ihr Interesse für sich zu wecken, erschien ihm aussichtslos. Da saß er, ein 39-jähriger müder Polizist, ohne Geld, ohne Position und ein ewiger Verlierer. Sein Gesicht mit dem blonden Schnurrbart und den ersten Falten um die Augen und an der Stirn wurde traurig. Er nahm wahr, dass er ein altes T-Shirt trug, das er lieber hätte waschen sollen, und eine zerknitterte Canvas-Hose, die ein paar Flecken hatte. Seine Schuhe hätten einmal Putzen vertragen.

„Machen Sie sich nicht selbst fertig", sagte Evelyn sachlich, während sie aufstand und den Kaffee holte. „Das ist doch langweilig."
Sie goß ihm einen Henkelbecher ein, stellte eine Milchtüte und eine Zuckerschüssel vor ihn hin, setzte sich wieder und trank einen Schluck aus ihrer Tasse. Rossi schüttelte den Kopf, blickte zu Boden und schwieg.

Evelyn hatte den Eindruck, dass sie so nicht weiterkamen. Wenn es ihm so schwer fiel, ihr zu sagen, was er sagen wollte, wollte sie es gar nicht wissen. Sie beschloss, dieser unglücklichen Situation ein Ende zu machen. Sie stand auf.

„Okay", sagte sie fest, „ich fange jetzt an zu kochen, denn ich habe einen Mordshunger. Sie können mir sagen, was Sie sagen wollen, wann immer es Ihnen einfällt. Aber in

der Zwischenzeit brauche ich Ihre Hilfe beim
Kartoffelschälen und Salatschneiden."

Damit war die Schlacht gewonnen.
Rossi stand dankbar und wie von einem Fluch erlöst auf,
tat alle niederen Küchenarbeiten und erlebte mit, wie
Evelyn das Essen komponierte.

Evelyn bereitete einen Kartoffelgratin mit Karotten zu und
gab Gewürze hinein, deren Namen Rossi überhaupt nicht
kannte, geschweige denn wusste, in welchem Laden er
sie besorgen konnte, denn sie waren alle fremdländisch.
Er schnitt die Salatzutaten, Frühlingszwiebeln, Tomaten,
Gurke, Champignons, grüne Paprika und Eissalat. Evelyn
briet ein paar Scheiben Schinken, den sie zerrupft hatte,
in der Pfanne und anschließend in diesem Fett grüne
Pistazienkerne, die sie mit Kräutersalz bestäubte. Der
Salat wurde mit einer Zitronen-Maisöl-Salz-Marinade
angemacht und mit dem gebratenen Schinken und den
gerösteten Kernen garniert. Evelyn hatte Hackfleisch
besorgt und machte Köfte, türkische Hackfleischbällchen,
die sie, nachdem der Gratin goldbraun geworden war, auf
einem Blech mit Paprikaschoten und Tomaten grillte. Sie
überließ Rossi die Wahl des Weins, da sie annahm, und
dies zu Recht, dass er als Italiener sich mit Weinen
auskannte. Rossi wählte einen drei Jahre alten Chianti
und öffnete ihn fachmännisch.

„Ich glaube, mit Getränken kennen Sie sich besser aus
als mit Speisen," spöttelte Evelyn. Sie hatte vom Kochen
rote Backen bekommen.

„Eine Flasche öffnen dauert nicht lange", erklärte er
verlegen. „Aber ein Essen kochen dauert so lange, dass
ich meine, vorher zu verhungern. Ich kaufe mir meist
Fertiggerichte oder esse nur kalt."

Evelyn nickte. „So geht es mir unter der Woche auch. Aber wenn ich frei habe, mache ich mir den Spaß zu kochen."

Sie reichte ihm Teller und Besteck, und er deckte im Esszimmer den Tisch. Er war glücklich. Das Kochen machte Spaß und die neue Evelyn gefiel ihm, da sie offensichtlich kompetent und zufrieden war. Was hatte nur für eine Traurigkeit auf ihr gelegen all die Zeit vorher?

Das fragte er sie, als sie mit den Speisen am Tisch saßen, erwartungsvoll angestoßen hatten und Bissen um Bissen genossen. Evelyn wartete, bis sie hinuntergeschluckt hatte.

„Ich war traurig, weil ich eine Arbeit machte, die mir nicht gefiel", sagte sie.

„Es gefällt Ihnen nicht, bei der Polizei zu sein?" fragte er erstaunt.

„Ja, es gefällt mir nicht. Ich meine, manche Dinge gefallen mir, das schon. Aber grundsätzlich gefällt es mir nicht."

„Was gefällt Ihnen nicht?" wollte er wissen. Evelyn überlegte und schüttelte den Kopf.

„Ich weiß es nicht einmal genau. Vielleicht die Hierarchie, vielleicht die vielen seltsamen Kollegen", sie schüttelte den Kopf. „Ich weiß es wirklich nicht. Deshalb wollte ich es mir ja so lange nicht eingestehen. Aber dieser Beruf hat mir von Anfang an nicht gefallen und gefällt mir immer noch nicht. Deshalb werde ich bei der Polizei aufhören."

Rossi war baff.

"Sie hören auf?" fragte er ungläubig.

„Ja natürlich", gab sie zurück. „Welchen Sinn hätte es, eine ungeliebte Arbeit weiterzuführen?"
Rossi schwieg.

„Wenn Sie traurig waren, weil Sie den falschen Beruf hatten", fuhr er zögernd fort, „Dann sind Sie jetzt fröhlich, weil Sie beschlossen haben, den Beruf zu ändern. Ist das so?"

„Genauso ist es. Ich bin glücklich, weil ich aus dieser Sackgasse herauskomme. Ich habe das Gefühl, ich war die ganze Zeit tot und fange jetzt wieder an zu leben."

Rossi hätte gern noch gefragt, ob ihr Glücklichsein auch mit einem Mann zu tun habe, aber er wagte es nicht. Er hatte zu viel Respekt vor ihr. Sie war tüchtig und nahm ihr Leben in die Hand. Umwälzende Entschlüsse fielen ihr leicht und sie tat einfach, was sie wollte. Er dagegen klebte am Alten, passte sich an und ließ andere über sein Leben bestimmen. Ihn und Evelyn trennten Welten.

Nach einer Pause fragte er „Was werden Sie jetzt machen?"
„Ich habe mich bereits erkundigt. Mein einziges großes Talent ist das Kochen. Ich werde eine Umschulung zur Köchin machen. Das Arbeitsamt bezahlt sie mir. Die Ausbildung beginnt im September."

„Im September? Dann sind Sie ja gar nicht mehr lange im Dienst!"
„Nein, nur noch drei Wochen", bestätigte Evelyn.

Rossi war geschockt. Er konnte nichts sagen.

„Aber das muß nicht bedeuten, dass wir uns nie mehr sehen", sagte Evelyn vorsichtig. „Da wir ganz gut zusammenarbeiten, würde ich mich freuen, wenn Sie mir auch weiterhin ab und zu beim Kochen helfen würden."

Rossi blickte mit einem Ruck auf. „Meinen Sie das ehrlich?" fragte er.

„Nun ja", meinte Evelyn zögernd, „eine Bedingung hätte ich schon noch vorher."

„Welche?" Er hielt den Atem an.

Evelyn zögerte immer noch. „Wir müssten du zueinander sagen", sagte sie.

Sie starrten sich an.

„Einverstanden", sagte Rossi. Er ließ die angehaltene Luft ausströmen. „Ich heiße Marco."

„Und ich bin Evelyn." Sie stießen an und er beugte sich leicht zu ihr und küsste sie, ohne ihr Einverständnis abzuwarten. So, dachte er, als er sie erröten sah. Jetzt fühle ich mich endlich besser.

Evelyn überging ihre Verlegenheit und fragte ihn nach seiner Familie und seinem Leben. Sie unterhielten sich angeregt, schlossen das Essen mit einem Espresso ab und redeten noch lange weiter. Als es Abend wurde, beschloss Rossi, sich zu verabschieden. Er wollte nicht zuviel Schönes von einem einzigen Tag fordern. Er war zufrieden.

Evelyn brachte ihn nach unten vor die Haustüre.

„Vielen Dank für das Essen und diesen schönen Tag", sagte Rossi zu ihr und gab ihr die Hand.

„Gern geschehen", erwiderte sie knapp, steckte die
Hände in ihre Jeanstaschen und überlegte. Er gefiel ihr,
wie er da schlank und lässig in seiner Workerhose vor ihr
stand. Er war ein hilfsbereiter, liebenswerter Mann. Sie
stand auf ihre Zehenspitzen und gab ihm einen Kuss auf
den Mund.

„Ciao Marco", sagte sie, ging ins Haus und schloss die
Tür.

Rossi atmete tief ein, betrachtete die verschlossene Tür
und sagte „Ciao Evelyn." Dann drehte er sich um und ging
um einiges beschwingter als er gekommen war.

In dieser Nacht schlief er tief und fest. Evelyn dagegen lag
wach und überlegte, welche Veränderungen ihr Leben
noch bringen würde, jetzt, wo sie damit angefangen hatte,
sich zu verändern.

++++

Edwin schob das Visier seines Schallschutzhelms hoch
und schaute blinzelnd zu, wie die letzte junge Buche fiel.
Das war's.
Die Abräumer würden nächste Woche die Stämme holen.
Er und Kuhn jedoch waren fertig. Sie hatten eine Woche
hinter sich, die ganz anders verlaufen war als geplant. Am
Montag hatten sie im Wald zwischen Nürtingen und
Denkendorf fertiggemacht, aber bereits am
Dienstagmorgen standen sie im Schurwald bei
Baltmannsweiler.

Sie mussten ihre Fälltermine bei Privatpersonen
verschieben, was immer eine dumme Sache war, und den
Auftrag des Forstamtes Stetten annehmen, der da lautete,
schleunigst eine Schneise in den Wald zu schlagen für
eine geplante Ortsumgehung. Jetzt! Anfang August! Kein

Mensch würde das saftige Holz haben wollen. Aber der Gemeinderat hatte es beschlossen, die Naturschutzbehörde hatte es nach langem Ringen freigegeben und nun sollte sofort begonnen werden. Edwin und Kuhn konnten das Angebot nicht ablehnen. Sie hatten ihren Kostenanschlag schon im letzten Jahr geschickt, wohl wissend, dass es Jahre dauern konnte bis zum Startschuss. Nun, jetzt war es soweit.

Die schwere Arbeit kam Edwin gerade recht. Kaum hatte er nämlich Mut geschöpft, was seine Beziehung zu Angie betraf, schon gab es einen Rückschlag.
Angie war am Sonntagmorgen nicht gerade geflohen, aber sie hatte es mehr als eilig gehabt, von ihm wegzukommen. Auf eine neue Verabredung wollte sie sich nicht einlassen. Die ganze Woche hatte sie nichts von sich hören lassen. Er hatte sie zweimal angerufen, wobei sie ihn an Wortkargheit bei weitem übertraf, und dann in Ruhe gelassen.

Da soll einer die Weiber verstehen. Erst heiß und dann kalt. Edwin wusste, dass es nicht so einfach war, aber er hatte nun mal keine Idee, was von ihm erwartet wurde. Wenn er es gewusst hätte, hätte er mit Freuden alles getan, nur um aus dieser Sackgasse herauszukommen.

Es war Freitagabend und er freute sich ganz und gar nicht auf das Wochenende. Er würde die ganze Zeit an Angie denken und sich ausmalen, wie es wäre, wenn sie da wäre. Es hatte seine Vorteile, asexuell zu leben, das sah er jetzt.

Zuhause ließ er alles fallen und nahm eine Dusche. Er war zu müde zum Kochen und würde sich eine Lasagne auftauen. Als er vom Badezimmer in die Küche trottete, sah er das Blinken des Anrufbeantworters im Flur und schöpfte Hoffnung.

110

Angies Stimme „Hallo, hier ist Angie. Hast du Lust, morgen, also am Samstag, mit mir auszugehen? Also dann, tschüß."

Gott sei Dank.
Er rief sie an und stellte fest, dass sie sicherer klang als die letzten Male. Sie verabredeten sich auf morgen 20 Uhr. Angie wollte Sandy mitnehmen. Sie würden einen langen Spaziergang machen und dann irgendwo essen gehen. Das ließ nicht gerade auf einen Abend mit erotischen Möglichkeiten schließen, aber er war inzwischen so weit, dass er nahm, was er kriegen konnte.

Edwin zog sich saubere Sachen an und legte eine tiefgefrorene Lasagne in die Mikrowelle. Er setzte sich aufs Sofa, bis sie fertig war. Als die fünf Minuten abgelaufen waren, schlief er tief und fest.

+++

Streckle war erleichtert, als Bachs Bewachung nichts Verdächtiges ergeben hatte und die Stuttgarter ihn von ihrer Liste strichen.
Sicher, er hätte gern einen Erfolg gehabt, aber nicht ausgerechnet beim Liebhaber seiner Nachbarin.
Dass diese aber auch mit einem jungen Holzfäller angebandelt hatte. Aber wohin die Liebe fällt, weiß man nie, dachte Streckle, und wenn er ehrlich war, so musste er zugeben, dass der Altersunterschied zwischen der Kaufmann und ihrem Holzfäller der gleiche war wie zwischen ihm und seiner Irene. Nur dachte sich keiner was dabei, wenn ein Mann eine junge Frau nahm. Es fiel den meisten Menschen nur auf, wenn eine Frau einen jungen Mann nahm.

Trotzdem, entschied Streckle, natürlicher ist das erstere.

++++

Als es klingelte, nahm Angie den Hund an die Leine und öffnete die Haustür. Sie küsste Edwin und lächelte ihn an. Sandy sprang an ihm hoch und versuchte, sein Gesicht zu lecken. Edwin musste lachen, als er von zwei weiblichen Wesen so herzlich begrüßt wurde.

„Okay, Sandy", wie Angie den Hund zurecht, „hier darf nur einer Edwin küssen und das bin ich."

Edwin ließ sich Zeit, nun seinerseits Angie zu küssen, mit ziemlicher Sicherheit betrachtet von den Nachbarn rechts und links, und legte dann den Arm um sie und ging mit ihr zum Auto. Sandy lief schwanzwedelnd voraus. Edwin ließ die Hündin hinten in den Kombi, wo sie exstatisch an seinen Geräten, Seilen und Maschinen schnüffelte und sich endlich auf einer alten Decke fallen ließ.

Sie hatten Platz genommen und Angie fragte „Wohin fahren wir?"
Edwin sah ihr halblanges Haar, die glitzernden grauen Haare hier und dort, die dunkelblauen Augen über den breit geschwungenen Wangen, den Mund mit der leicht aufgeworfenen Oberlippe, so zart in der Farbe und so schmelzend, wenn er ihn küsste. Ihr Blick war nicht mehr abweisend wie am Sonntag, sondern offen und frisch.

„Wohin du willst", sagte er und küsste sie. Er fuhr mit der Hand an ihrem Hals entlang, über den Sicherheitsgurt zu ihrer Schulter und am Gurt entlang zu ihrer Brust. Ihre Hände hielten seine Hand fest, aber er fühlte, wie ihr Herz schlug.

„Dann fahr uns zum Waldheim bei Deizisau", sagte sie. Sie gab ihm seine Hand zurück. „Keine Angst, du wirst heute nicht leer ausgehen. Aber zuerst braucht Sandy ihren Spaziergang."

Der Parkplatz des Waldheims war voll, deshalb parkte Edwin in einer kleinen Seitenstraße. Sandy kannte den Weg genau. Angie war hier oft mit ihr gegangen.
Im Wald nahm Angie sie an die Flexileine, denn Sandy gehorchte leider nicht aufs Wort, schon gar nicht, wenn vor ihrer Nase Hasen und Rehe über den Weg sprangen. Sandy mochte Edwin, das war sofort zu sehen. Sie sprang an ihm hoch und lud ihn bellend zum Spielen ein. Edwin nahm Angie die Flexileine aus der Hand und legte mit Sandy einen Spurt hin.

Angie atmete tief durch. Gott sei Dank war sie wieder sie selber. Die ganze Woche hatte sie zu kämpfen gehabt mit Erinnerungen aus ihrem früheren Leben, mit düsteren Ahnungen und bösen Flüchen. Sie kannte das schon. Immer, wenn etwas wirklich Neues und Schönes passierte, wie jetzt ihre Beziehung mit Edwin, musste sie den alten Dämonen standhalten. Für diesmal waren die bösen Geister wieder besiegt und Angie konnte das Leben wieder genießen.

Als sie zum Waldheim zurückkamen, ließen sie Sandy in den Kombi. Sie bekam einen großen Hundekeks und eine Schüssel mit Wasser und würde sich nun stundenlang damit zufriedengeben. Für Sandy war der Tag gelaufen, sobald ihr Abendspaziergang vorbei war.

Hand in Hand gingen Angie und Edwin in das Restaurant. Edwin war glücklich, weil Angie wieder die alte war. Er hatte den Eindruck, dass der Kelch der Trennung an ihm vorübergegangen war.

Als sie ihre Getränke hatten und auf das Essen warteten, Angie hatte Salat mit gebratener Hähnchenbrust bestellt, dazu Pommes frites, Edwin Zwiebelrostbraten mit

113

Bratkartoffeln und Salat, erzählten sie sich gegenseitig, wie sie die Woche verbracht hatten.

„Ich habe dich vermisst", bekannte Edwin.

„Ich dich auch", sage Angie, „und wie!"

„Warum warst du dann so kurz angebunden am Telefon?" wollte er wissen.

„Weil ich mit mir zu tun hatte, deshalb." Sagte sie. „Du kannst nichts dafür, im Gegenteil, du bist ..." sie konnte nicht weiterreden.

Edwin blickte sie aus Augen an, deren Tiefe sie genauso erschreckte wie das, was sie nicht hatte sagen können. Er griff nach ihrer Hand.

„Ich bin froh", sagte er. „Ich dachte schon, du hättest genug von mir."

Sie schüttelte den Kopf und drückte seine Hand.

Ihr Essen kam und sie widmeten sich ihm mit gebührendem Respekt. Die Pommes frites waren knusprig und schmeckten nach der Mischung aus Kartoffeln und Pflanzenfett, die Angie unwiderstehlich fand. In Edwins Händen sah das Besteck aus wie Spielzeug und Angie wurde wieder einmal bewusst, dass er vom Schicksal dazu bestimmt war, die Normgrenzen zu sprengen.

„Genau wie ich", dachte Angie. „Mein Leben war nicht normal, ist nicht normal und wird es niemals sein."

Als sie das Restaurant verließen, war es Mitternacht. Edwin musste noch einen Anruf an Kuhn erledigen und ging, da er sein Handy zu Hause gelassen hatte, in die

Telefonzelle beim Restaurant. Angie spazierte schon voraus. Sie sah, dass Sandy auf der Ladefläche schlief, und ging, um sie nicht zu wecken, noch ein Stück weiter die Seitenstraße hinunter.

Sie setzte sich auf ein Mäuerchen und genoss die vollkommene Dunkelheit und Stille der Nacht.

Sie blickte träumerisch in die Ferne und sah Edwin zurückkommen."Das ging ja schnell", dachte sie und ließ sich Zeit, ihn zu betrachten, wie er näherkam.

„Moment mal", dachte sie, „wie kann er aus dieser Richtung kommen? Ist er um die Häuser herumgegangen?"

Edwin kam näher und trug etwas in der Hand. Was konnte das sein? Er hatte doch vorher nichts getragen.

Er kam direkt auf sie zu, und bevor sie aufstehen oder irgendeinen Ton sagen konnte, schlang er den Arm um ihren Hals, legte das Ding herum, das sich als Schlaufe entpuppte, und zog es fest.

Angie sah und roch in diesem Moment, dass es nicht Edwin war, sondern ein Fremder, aber sie war noch so beschäftigt, ihrer Verwirrung Herr zu werden, dass sie keinen Laut hervorbrachte.
Sie griff mit den Händen nach der Schlaufe, aber sie war schon zu fest auf ihrer Haut und sie konnte sie nicht fassen. Bevor der Fremde, dessen stechender Körpergeruch Angie ein Würgen verursachte, die Schlaufe mit einem Ruck zuziehen konnte, stolperte er, da er auf Angies Füße getreten war, und in diesem Moment brachte Angie einen Finger zwischen Schlaufe und Hals und schrie. Der Femde zog sie zu Boden, straffte die Schlaufe erneut und zog zu.

Sofort wurde alles schwarz um Angie und ihr Hals war ein Quell des Schmerzes. Sie nahm aus weiter Ferne wahr, dass der Fremde wie von einem Erdbeben erschüttert und zur Seite geschleudert wurde.

Endlich war ihr Hals wieder frei und sie konnte atmen. Langsam verschwanden die Schwärze und die wirbelnden Sterne vor ihren Augen und ihr Herz schlug nicht mehr wie ein Hammer in ihren Ohren. Sie riss die widerliche Schlinge weg und schleuderte sie von sich.

Neben ihr rang Edwin mit dem Fremden. Angie war so erleichtert, dass sie heulte. Edwin hatte dem anderen mehrere Schläge verpasst und presste ihn keuchend mit dem Kopf auf den Boden.

„Angie", rief er, „bist du okay?"

„Ja!" rief sie. Die Kehle brannte ihr und sie hustete.

Von Edwin fiel ein Fels der Sorge ab.

„Angie, geh zum Wagen und hol das Seil!" befahl er ihr. „Hier sind die Schlüssel." Er warf ihr klirrend die Autoschlüssel hin und klemmte wieder mit beiden Händen den Angreifer auf dem Boden fest.
Angie hob die Schlüssel auf und lief zum Wagen. Ihre Beine gehorchten nur langsam und zuletzt gar nicht mehr. Sie ließ sich auf die Knie nieder und kroch die letzten Meter. Hände und Beine waren taub und kribbelten, wie wenn Ameisen darauf laufen würden. Ihr Atem ging hechelnd.

Sie sperrte zitternd den Kofferraum auf, in dem sich offenbar ein gefährliches Raubtier befand. Sandy drückte den Deckel nach oben und raste aus dem Auto wie eine Furie, auf den am Boden Liegenden zu. Sie hatte ihre Nackenhaare gesträubt, ihre Zähne gebleckt und bot dem

116

Unbekannten alles, was sie an Mörderischem zu bieten hatte.

Er brach in ein Winseln aus und versuchte, seinen Kopf zu schützen. Sandys gezackte, lange Zähne waren deutlich zu sehen, ihr Raubtieratem war zu riechen und ihr Grollen war körperlich spürbar.

Edwin sah, dass Angie nicht zurückkam, sondern reglos auf dem Boden sitzenblieb.

„Wag es nicht, dich zu rühren, sonst bist du Hackfleisch", zischte er dem Angreifer zu, überließ ihn dann Sandy und lief zum Wagen.

Er sah, dass Angie ohnmächtig geworden war, und legte sie vorsichtig auf den Gehsteig. Er nahm das Fällseil aus dem Kofferraum, lief zu dem winselnden Koloss zurück und fesselte ihn.

Inzwischen war ein älteres Paar angelockt worden, das das Restaurant verlassen hatte. Von den Anwohnern zeigte sich niemand.

Edwin bat den älteren Herrn, von der Telefonzelle aus die Polizei zu rufen.

„Nicht nötig", meinte der Mann, „ich habe ein Handy."

Edwin zog Sandy von dem Gefesselten weg und zwang sie in den Kombi, wo er ihr dankbar die Flanken klopfte und sie lobte. Er schlug die Tür zu und sah nach Angie. Ihre Hände waren eiskalt, und er erschrak. Aber er sah, dass sie atmete, und hob ihre Beine etwas hoch, so dass ihr Kreislauf wieder in Gang kommen konnte.

Schließlich bewegte sie sich und schlug die Augen auf, zitterte aber so heftig, dass sie nicht sprechen konnte.

Edwin gefielen ihre kalten Hände nicht. Er öffnete sein Auto und legte Angie auf den Rücksitz, wobei er sie mit den alten Decken zudeckte, auf denen Sandy gelegen war. Sandy fiepte, als sie ihr Frauchen sah, und drängte sich an sie. Schließlich lag sie halb neben, halb auf Angie und wärmte sie zusätzlich. Edwin kippte die Vordersitze nach vorn, damit er neben Angie Platz hatte, und rieb ihre Hände.

„Was für ein Abend", flüsterte Angie.

„Sei ganz ruhig, Liebling", beruhigte er sie.

Angie schüttelte den Kopf. „Du mußt mich für eine komplette Idiotin halten", flüsterte sie weiter. „Ich konnte nicht mal das Seil holen."

„Mein Gott", sagte Edwin, „wie wenn das wichtig wäre. Du hast Sandy aus dem Auto gelassen und sie hat alles weitere erledigt."

Er war auch erledigt, das merkte er. Er war in dieser Stimmung, in der Männer anfangen zu weinen, und das musste um jeden Preis vermieden werden.

Als Sandy ihren Namen hörte, stand sie auf und schleckte Angie gründlich das Gesicht ab. Angie lachte und sagte „Hast du das, mein Mädchen? Du bist doch meine Beste."

Das fand Sandy auch und legte sich zufrieden auf Angies Beine, und ihren Kopf auf Angies Bauch.

So blieben sie, bis die Polizei kam, was so lange dauerte, dass sie schon meinten, der ältere Herr hätte die Polizei nicht angerufen. Die ganze Zeit lag das gefesselte Bündel auf dem Gehsteig und es war nichts von ihm zu hören. Sandy hatte ihn wohl bis auf die Knochen erschüttert. Als der Streifenwagen nach fünfzig Minuten eintaf, erfuhr Edwin, was es hieß, seinen Freund und Helfer am Samstag um Mitternacht um Hilfe zu bitten.

Er wurde von den Polizisten –Steingruber, der trotz Gripperückfalls arbeitete und mieser Stimmung war, und Nöhle, der frisch aus dem Urlaub gekommen und geistig noch in Cuba war- derartig feindselig behandelt, dass er sich fragte, wozu er diese Leute überhaupt brauchte. Wenn es nach ihm gegangen wäre, hätte er schon seit einer halben Stunde mit Angie im Bett gelegen und sie sicher versorgt gewusst. Nur seine Verantwortung als Staatsbürger hatte ihn auf die Polizei warten lassen.

Nachdem er wieder und wieder den Hergang geschildert hatte, jedesmal demselben ungläubigen Polizistenpaar, das ihm zuhörte wie einem notorischen Lügner, hatte er die Nase voll.

„Sie haben jetzt meine Aussage und die Personalien von uns allen, einschließlich dem Hund. Ich fahre jetzt meine Freundin nach Hause und Sie können mich sprechen, wann immer Sie wollen, aber heute nicht mehr."

Seine Wut war so groß, dass sie von ihm ausströmte wie Wellen. Die Polizisten ließen ihn in Ruhe und machten sich daran, den Gefesselten einzuladen. Sie hatten inzwischen etliche Zuschauer, die aus den Häusern der ganzen Straße geströmt waren oder von den erleuchteten Fenstern aus zusahen und die Schau genossen.

Edwin zwang sich dazu, vorsichtig nach Hause zu fahren, aber er wurde seiner Wut nicht Herr. Er konnte es nicht leiden, wenn jemand pfuschte. So, wie diese Polizisten gearbeitet hatten, war es für ihn mehr als Pfusch. Und es war noch dazu um ein Menschenleben gegangen.

„Du ärgerst dich über die Bullen, nicht wahr?" sagte Angie vom Rücksitz, als er auf der B 10 Richtung Esslingen fuhr.

„Ja, sagte er, „ich kann nicht glauben, dass es bei der Polizei derartige Hohlköpfe gibt."

„Ich schon", sage Angie, „dort gibt es die gleichen Hohlköpfe und Nichtskönner wie unter den Ärzten. Und in beiden Branchen geht es um Menschenleben."

Edwin fuhr sie zu sich nach Hause. Angie war soweit fit, dass sie gehen konnte. Sandy war wie erfrischt durch ihren nächtlichen Auftritt und sprang um die beiden herum. In Edwins Wohnung schnüffelte sie überall, bis sie sich auskannte, und legte sich dann nach mehrmaligem Umdrehen im Wohnzimmer hin.

Angie merkte, dass sie todmüde war, aber gleichzeitig unter Spannung stand. Als Edwin fragte, was sie trinken wolle, bat sie um Kaffee. Sie plumpste in den Wohnzimmersessel und legte den Kopf zurück. Die Haut am Hals spannte und brannte. Was kam als nächstes? Welche Angriffe hatte sie in nächster Zeit noch zu überstehen?

Edwin kam und ließ sich aufs Sofa fallen. Im Licht der Stehlampe sah Angie, dass seine linke Wange geschwollen war.

„Hast du einen Schlag abbekommen?" fragte sie und deutete auf die Wange.

Er befühlte die Stelle und nickte. „Anfangs wehrte sich der Kerl ziemlich", sagte er. „Aber als Sandy kam, gab er keinen Mucks mehr von sich."
Sandy klappte ihre Augen auf, als sie ihren Namen hörte, und klopfte einmal mit dem Schwanz.

Edwin stand auf, um den Kaffee zu holen. Angie trank dankbar.

„Ich wollte zum Auto rennen und hatte plötzlich keine Füße mehr", berichtete sie. „Sie waren wie abgestorben. Meine Hände auch. Ich weiß nicht, wie ich den Schlüssel ins Schloss gebracht habe. Und die ganze Zeit hörte ich das Kind weinen, die ganze Zeit..." Sie schluchzte und Edwin kam, um sie zu halten. Angie weinte.
Sie hatte das Kind gehört, das sie selbst gewesen war, vor Urzeiten, und das durch den Anschlag auf ihr Leben wachgeworden war. Nicht dieselbe Gewalt, aber dieselbe Todesangst hatten Kind und erwachsene Frau in diesen Minuten des Schocks vereint.

Angie weinte den ganzen Schmerz aus sich heraus. Sie hatte oft geweint, damals, in ihrer Psychotherapie, und sie würde wohl ihr Leben lang darüber weinen, dass sie so verletzt worden war. Als sie endete, ging es ihr viel besser. Edwin gab ihr den Kaffee und sie trank ihn aus.

„Ich danke dir", sagte sie, „für den Kaffe und für mein Leben."
Er begriff nicht.

„Du hast mir das Leben gerettet", erklärte sie. „Wenn du nicht gekommen wärst, wäre ich jetzt tot."
Sie legte erschöpft den Kopf an die Sessellehne, und er sah die dicke Schwellung um ihren Hals. An manchen Stellen war die Haut so dünn, dass man das Blut darunter sah. Wahrscheinlich hatte sie recht. Was sie nicht wusste, war, dass er sein Leben für sie gegeben hätte. Das war überhaupt nichts Heldenhaftes oder Dramatisches, sondern die natürlichste Sache der Welt. Wie eine Löwin ihr Junges, so hätte er sie beschützt.

„Ich bin müde", flüsterte Angie. Er nahm sie auf seine Arme und trug sie ins Bett. Sandy stand seufzend auf und trottete ihnen nach. Nachdem er Angie das T-Shirt und die Bermudas ausgezogen hatte, kuschelte sie sich in das Kissen und zog die Decke über sich. Edwin überredete Sandy, das Schlafzimmer zu verlassen, und schloss die Türe.

Er war selbst zum Umfallen müde, zog Hemd und Hose aus und legte sich zu Angie ins Bett. Sie legte ihren Kopf an seine Schulter und ihre Hand auf seinen Oberarm und ohne ein Wort schliefen sie ein.

++++

Edwin erwachte vom Pochen seines Gliedes. Er atmete stöhnend und öffnete die Augen. Es war hell. Neben sich sah er Angie, die ihm schlafend den Rücken zugekehrt hatte. Er griff nach ihr, vorsichtig zunächst, aber er wollte, dass sie wach wurde. Angie bewegte sich. Edwin schob eine Hand unter ihre Hüfte, legte eine Hand über die andere Hüfte und zog ihr Becken gegen seins. Angie atmete aus und ging in der Bewegung mit. Edwin konnte nicht mehr warten. Er streifte seinen Schlüpfer mit einer Hand runter, zog Angies Schlüpfer unter ihren Po und suchte mit seinem Glied ihre Öffnung. Angie räkelte sich zurecht, so dass sie schließlich auf dem Bauch lag, er seine Arme unter ihr verschränkt hatte und zwischen ihren weit geöffneten Beinen in sie eindrang.

Er zog sich ganz aus ihr wieder zurück und drang wieder ein. Angie blieb die Luft weg. Er gab ein Summen von sich, eine Melodie der Lust, und stieß zu. Er ging tief in sie hinein und wieder wurde die gefährliche Macht in Angie wach und übernahm die Führung. Angie überließ sich ihr diesmal nicht bestürzt, sondern mit einem

122

Schauder der Aufregung. Bereits nach wenigen Stößen erfasste die Macht Angies Becken und Gebärmutter und zog sie in einem so süßen Schmerz zusammen, dass Angie meinte, dafür sterben zu wollen.

Als das Beben ausklang, fühlte sie eine Verbundenheit mit dem Mann, der es ausgelöst hatte, die über das hinausging, was sie mit Männern erlebt hatte. Mit etwas wie Bedauern erkannte sie, dass sie diesen Mann nicht einfach würde ablegen können.

Schwer atmend lösten sie sich und ihn durchfuhr ein heißer Schreck. „Ich habe vergessen, ein Kondom zu nehmen", keuchte er. Angie atmete heftig. „Keine Sorge", beruhigte sie ihn, „ich bekomme morgen meine Tage."

Edwin ließ sich erleichtert auf den Rücken fallen. Das hätte ihm noch gefehlt, dass Angie schwanger wurde.

„Mein Gott", sagte sie, als sie sich beruhigt hatte, „bei dir fühle ich mich alt. Immer wenn wir zusammen sind, bin ich total verausgabt."

„Mir geht es genauso", sagte Edwin. „Ich komme mir vor wie ein alter Mann und begreife nicht, woher du die Kraft nimmst, mich so zu schwächen."

„Ich dich?" fragte sie erstaunt.

„Ja, du mich", sagte er und küsste ihre Brüste und die zarten Spitzen."Du bist doch diejenige, die sexy und aufreizend ist und mich schwachen Mann in den Wahnsinn treibt." Angie lachte.

Ein Kratzen an der Tür zeigte, dass Sandy nicht länger ausgeschlossen sein mochte. Edwin stand seufzend auf und öffnete die Tür. Sandy sprang freudig herein, hüpfte

aufs Bett, was sie sonst nie machte, und begrüßte beide
Menschen mit nicht endenwollender Begeisterung.

Schließlich ging Edwin duschen, während Frau und Hund
sich ausruhten, und als Angie unter die Dusche ging,
machte er Frühstück für drei.

Während sie frühstückten, klingelte Edwins Telefon und
gleichzeitig die Türglocke. Er ging zuerst zur Tür und ließ
das Telefon weiterklingeln.

In der Tür standen Streckle und Hoffmann. Edwin runzelte
die Stirn, als er die Unbekannten sah. Steckle lächelte,
zeigte ihm seinen Ausweis und stellte sich vor und sagte
dann „Wir sind gekommen, um Ihnen zu gratulieren und
noch ein paar Formalien aufzunehmen."

Edwin überlegte gerade, ob es sich um einen Scherz
handelte, da sagte Streckle „Sie haben den Frauenmörder
gefangen, herzlichen Glückwunsch!"

„Den Frauenmörder?" wiederholte Edwin. Er verstand
überhaupt nichts.

Inzwischen war Angie zum klingelnden Telefon gegangen,
nahm ab und da strömte ihr Tante Rosas Stimme
entgegen.
„Angie, bist du das? Lebst du noch? Dieser Kommisar hat
mir solche Angst gemacht. Ruft mich an, faselt etwas von
dem Frauenmörder und einem Überfall auf dich und sagt
mir nicht, wie es dir geht. Ich hätte ihn am liebsten
gepackt und geschüttelt, diesen Geheimniskrämer, diesen
Umstandskrämer, diesen..." Angie unterbrach ihre Tante
mit einem verlegenen Lächeln auf die Beamten, die nun
endlich eintraten und ins Wohnzimmer geführt wurden.

„Rosa", sagte sie gedämpft in den Hörer, „es geht mir gut.
Edwin hat den Kerl zusammengeschlagen und die

Bull...äh, die Polizei hat ihn mitgenommen. Ich bin in Ordnung und Sandy auch."

„Gott sei Dank", sagte Rosa, „aber warum haben die Edwin mitgenommen, wenn er schon die Drecksarbeit für sie erledigt? Das ist doch unglaublich! In welchem Staat leben wir denn?"

„Nicht Edwin haben sie mitgenommen", sage Angie beschwörend, „sondern den Frauenmörder. Edwin ist hier und Herr Streckle ist auch eben gekommen. Ich muß also wieder Schluß machen."

„Streckle ist hier?" rief Rosa. Ihre Stimme steigerte sich, als sie fortfuhr. „Du kannst diesem Umstandskrämer, diesem Hinhalter, diesem Leuteschinder sagen..." Angie legte auf.

Dass sie nicht darauf gekommen waren, dass der Angreifer der Frauenmörder war! Aber sie waren so miteinander beschäftigt gewesen, dass sie für alles andere blind gewesen waren.

Sie ging ins Wohnzimmer und setzte sich zu Edwin auf die Sessellehne. Edwin legte einen Arm um sie und zog sie auf seinen Schoß. Die Beamten sahen den Striemen um Angies Hals, der nun rot-blau gefärbt war.

„Jetzt fällt mir auch wieder ein", sagte Edwin langsam, „dass ich den Kerl schon mal gesehen habe."
Streckle und Hoffmann blickten sich an. Hoffmann holte langsam Luft. „Wann und wo?" fragte er.
Edwin überlegte. „Wann war das, als ich dich in deinem Auto nach Hause gefahren habe?" fragte er Angie möglichst neutral und wurde rot, als er daran dachte, was vorher in der Hütte passiert war.

Angie begriff und sagte das Datum. Sie wusste es auswendig, weil in derselben Nacht die Geschichte mit dem Dobermann gewesen war.

„Ja, genau", sagte Edwin. „Und dann ging ich zu Fuß nach Berkheim, um mein Auto zu holen. Der Kerl rempelte mich an, als ich in die Straße zum Parkplatz einbog, da, wo an der Ecke die Bushaltestelle ist." Edwin zögerte. „Er hatte ein Seil in der Hand oder so etwas Ähnliches." Er stockte. „Du lieber Gott."

„Kam Ihnen das nicht verdächtig vor?" fragte Hoffmann beherrscht. Man konnte sein Kopfschütteln zwar nicht sehen, aber hören.
„Nein", sagte Edwin ehrlich. „Ich höre kein Radio und lese keine Zeitungen. Ich wusste nicht, dass hier ein Mörder herumlief."

Streckle und Hoffmann schwiegen. Sie konnten ihm schlecht Vorwürfe machen, wo er den Kerl doch schließlich festgenagelt hatte.

Angie sagte „Auch ich bin nicht auf die Idee gekommen, dass der Angreifer der Frauenmörder sein könnte."

Allmählich dämmerte den Beamten, was für ein Paar sie vor sich hatten: frisch verliebt und nicht von dieser Welt.

Hoffmann senkte den Blick und scharrte mit dem Fuß. Streckle räusperte sich.
Er lud die beiden ein, morgen bei der Dienststelle vorbeizukommen, damit ihre Zeugenaussagen offiziell aufgenommen werden konnten, und verabschiedete sich dann. Er ließ sich von Hoffmann nach Hause fahren.

„Wie ausgerechnet diese blinden Hühner den Kerl gefangen haben", murmelte Hoffmann verbittert.

126

Streckle war guter Stimmung und wunderbar erleichtert, weil er damals seinen Verdacht gegen Bach so diskret behandelt hatte. „Sie sind eben verliebt", meinte er, „und meinen Segen haben sie."
Hoffmann schluckte seinen Kommentar hinunter.

++++

Die kommende Woche war ein einziger Wirbel. Die Nachricht von der Ergreifung des Frauenmörders ging durch ganz Deutschland. Presse und Fernsehen stürzten sich auf das Polizeipräsidium Stuttgart, auf die Esslinger Dienststelle und auf Edwin, Angie und Sandy und machten sie vorübergehend zu Helden.

Einige Reporter stöberten Edwin im Schurwald auf, wo er Bäume für die Umgehungsstraße fällte, aber da kamen sie an den Falschen. Edwin scheuchte sie weg, weil sie verbotenerweise ins Sperrgebiet eingedrungen waren und keine Schutzhelme trugen. Kuhn gab schließlich ein Interview, das er mit Schilderungen von Edwins Muskelkraft schmückte. Die Männer und Frauen nahmen Edwin mit ihren Teleobjektiven bei der Arbeit auf und zogen wieder ab.

Kuhn hatte aus Edwin leider nicht viel herausbekommen. Er schien aber besser auszusehen, trotz seiner blaugrünen Wange, als die Woche zuvor. Wie wenn er übers Wochenende gereift oder zu einem Entschluss gekommen wäre.

Angie arbeitete wieder. Sie fand, dass Carlo nun verständig genug sei, um Geschichten zuzuhören und nahm ihn in das größte Büchergeschäft Esslingens mit, um Märchen- und Geschichtenbücher zu kaufen. Das Vorlesen tat ihr auch selbst gut. Sie war irgendwie ruhiger und gleichzeitig lebendiger geworden.

Sandy hatte ein paar unruhige Tage, als sie am Ende ihrer Läufigkeit angekommen war. Sie hieß beim Spazierengehen jeden Rüden willkommen und lag nachts nicht im Haus, sondern im Garten. Ihr Lieblingsplatz war die von der Tanne befreite Ecke bei der Gartentüre, die nun wie ein weiches grünes Polster war.

Eine Weile schien es, als ob Rosa einen neuen Lieblingsfeind hätte, nämlich ihren Nachbarn Streckle, dem sie nicht verzieh, dass er sie über Angies Wohl eine Viertelstunde im Ungewissen gelassen hatte. Aber dann meldete sich Streckle eines Abends mit seiner Frau an und brachte Angie und Rosa jeweils einen Strauß wunderschöner Rosen, entschuldigte sich wieder und wieder für sein Benehmen und versöhnte Rosa vollkommen.

+++

Rossis Erfolg bei Evelyn –zumindest wollte er das Essen bei ihr als Erfolg sehen- gab ihm Schwung zu tun, was er schon längst hätte tun sollen. Als erstes suchte er seinen Anwalt auf und zeigte ihm das Schreiben des Familiengerichts, das beschlossen hatte, ihn systematisch der Armut anheimzugeben.
Sein Anwalt geriet in einen Tobsuchtsanfall, als er das Schreiben las, fluchte laut vor sich hin, ohne sich weiter um seinen Mandanten zu kümmern, und griff zum Diktiergerät, um einen geharnischten Prostestbrief mit Angabe zahlreicher Paragrafen zu verfassen. Erst als dies zu seiner Zufriedenheit erledigt war, hatte er sich beruhigt und erklärte nun Rossi, dass dieser als der gutmütige, dumme Kerl, der er war, jahrelang zu viel Unterhalt bezahlt habe und aus einem Fehler heraus auch noch auf das Kindergeld, von dem ihm die Hälfte zustand, verzichtet hatte. Es stimmte auch mit seinen Überweisungs-Daueraufträgen etwas nicht, kurzum, plötzlich sah Rossi ein ganz anderes, völlig annehmbares

Nettogehalt in Aussicht, und er fühlte sich wieder als freier, im wesentlichen selbstbestimmter Mensch. Der Anwalt beruhigte ihn, dass alles sich so fügen würde, wie er erklärt hatte, und Rossi verließ die Kanzlei sehr erleichtert.

Was ihm erst am nächsten Tag auffiel war, dass seine Schuldgefühle seiner Exfrau und seinen –wie es schien- Exkindern gegenüber vollkommen verschwunden waren. Es war, wie wenn eine Zentnerlast von seinen Schultern geglitten wäre. Er konnte wieder frei atmen.

Er wusste nicht, wie es kam, aber fast sofort nahm er den nächsten Schritt in Angriff, um in seinem Leben aufzuräumen. Er stellte den Antrag, in den Innendienst versetzt zu werden. Irgendwie hatte Evelyns Abschied, der in ein paar Tagen anstand, ihm den Rest gegeben. Er wollte nicht mehr mit Zwanzigjährigen Dienst tun, er wollte nicht mehr die Tage und Nächte im Dienstauto oder in der Dienststube verbringen. Er wollte berechenbare Arbeitszeiten haben, denn nur dann könnte er Treffen mit Freunden oder Bekannten planen. An wen er dabei dachte, war sowieso klar. Sein Antrag wurde offiziell mit Bedauern, einen guten Streifenpolizisten zu verlieren, aber dennoch angenommen. Bereits ab November würde er im Präsidium arbeiten.
Als nächstes suchte sich Rossi eine größere und nettere Wohnung. Er achtete darauf, dass sie im Grünen lag, einen Balkon hatte und eine schöne Küche vorwies. Er fand genau, was er suchte, in Hegensberg, dem Esslinger Stadtteil, der an Obstgärten und Weinberge grenzte. Der Umzug war eine kleine Sache. In seiner freien Zeit begab sich Rossi in die zahlreichen Baumärkte und Einrichtungshäuser in der Stuttgarter Gegend und kaufte sich die Möbel zusammen, die ihm noch fehlten. Wichtig war ihm ein größeres und bequemes Bett, wobei er sich die Gründe hierfür nicht offen eingestehen wollte.

In diesem ganzen Erneuerungstrubel wurde ihm der Abschied von Evelyn nicht so schwer wie er es sonst gewesen wäre. Denn so allmählich gab es in seinem Leben auch anderes, was ihm gefiel, nicht nur Evelyn. Rossi freute sich auf den geregelten Dienst, er freute sich, in seiner Wohnung zu sein und er freute sich darauf, Evelyn zum Kochen und Essen wiederzusehen.

Er war aber doch einigermaßen überrascht, als es eines Abends im Oktober an seiner neuen Wohnungstür klingelte und Evelyn vor ihm stand. Als er schon seiner Freude Ausdruck geben wollte, wurde es hinter Evelyn dunkel und laut von den Menschen, die da ebenfalls die Treppe zu seiner Wohnung heraufkamen, alle mit erwartungsvoll-feierlichen Gesichtern, bis alle miteinander „Happy Birthday" anstimmten und eine schmale junge Frau, die ihm vage bekannt vorkam, mit einer überdimensionalen Geburtstagstorte mit –ja, natürlich!- 40 Lichtern durch die Menschen auf ihn zuschritt. Rossi war sprachlos.

„Herzlichen Glückwunsch zum Geburtstag!", sagte Evelyn lächelnd und alle fielen ein. Schließlich schrie jemand, um den Tumult zu übertönen „Mensch, Marco, mach endlich die Tür auf! Wir wollen rein!".
Benommen und immer noch überrumpelt machte Rossi den Weg frei und ließ seine Kollegen ein. Er hatte doch tatsächlich seinen 40. Geburtstag vergessen!

Einige der Kollegen trugen Kisten und Pakete, die sich als von Evelyn vorbereitetes Essen herausstellten.
„Diesmal ohne deine Hilfe gekocht", zwinkerte sie ihm zu. Die Frau, die die Torte getragen hatte, war Evelyns Freundin Mara, die beim Bedienen half. Im Nu waren die mitgebrachten Teller, Gläser und Bestecke verteilt, das Essen ausgeschöpft und der Wein eingeschenkt und alle ließen es sich schmecken. Evelyn hatte, anscheinend weil sie in der Schule die gleichzeitige Zubereitung vieler

Essensportionen geübt hatten, dies gleich mal anlässlich dieses Tages ausprobiert und natürlich mühelos geschafft. Sie hatten Parmaschinken mit Melone zur Vorspeise, Lasagne mit gemischtem Salat zur Hauptspeise und eine üppige Käseplatte mit vielen italienischen Käsesorten zur Nachspeise. Danach gab es natürlich Tiramisu. Brot und Brötchen zum Käse hatte sie selbst gebacken und ein wenig improvisiert mit durchweg überzeugenden Ergebnissen.

Rossi kam während des Essens trotz der durcheinanderredenden Menschen, es waren zwanzig Leute, allmählich wieder zu sich. Vielleicht lag es an dem Essen, das ihn seltsam heimatlich stimmte. Klar, es war alles italienisch und erinnerte ihn an seine Kindheit. Die Frauen tauschten Kochrezepte aus und wollten die Brotrezepte haben, die Männer sprachen über die verschiedenen Weine, die Evelyn mitgebracht hatten, und Rossi beschlich ein traurig-schönes Gefühl, wenn er daran dachte, diese Menschen bald nicht mehr täglich, sondern nur noch sporadisch oder gar nicht mehr zu sehen, wenn er nämlich im Innendienst arbeiten würde. Dieser Abschied würde ihm doch schwerer fallen, als er gedacht hatte.

Als sich die Kollegen vor Mitternacht, denn es war ein Werktag und alle mussten früh wieder raus, nach einigen abschließenden Grappas von ihm verabschiedeten, das Geschirr wieder aufgeräumt und mitgenommen, fühlte er sich als der glücklichste Mensch auf Erden. Er war geschätzt worden und beschenkt worden. Es hatte keine mitleidig-verächtlichen Töne gegeben und irgendwie wusste Rossi, dass es die in Zukunft auch nicht mehr geben würde. Er hatte endlich sein Leben in die Hand genommen.

+++

Angie staunte nicht schlecht, als sie Rosa eines Abends mit dem Meterstab im Arbeitszimmer hantieren sah.

„Was machst du denn?" wunderte sie sich. Sie cremte ihre Hände ein und war im Begriff, zu Edwin zu fahren. Es war Freitagabend und sie wollten ins Freilichtkino auf der Esslinger Burg.

Rosa atmete aus. „Es passt alles," sagte sie befriedigt. „Was passt?" fragte Angie.

„Mein Schlafzimmer natürlich", gab Rosa zurück.

Sie sah Angie mit offenem Mund dastehen. „Bevor du ganz bei deinem Freund wohnst und mich hier allein herumhocken lässt, dachte ich, es wäre einen Versuch wert, dir dein Häuschen wieder schmackhaft zu machen. Ich ziehe hier herunter und ihr habt euer Arbeits- und Schlafzimmer oben. Da seid ihr für euch und keiner stört den anderen."
Angie war baff. „Und schließlich werde ich älter und kann nicht immer die Treppe rauf- und runtergehen wie ein junges Mädchen", schloss sie, klappte den Meterstab zusammen und sah Angie an. „Oder?"

Angie umarmte sie. „Richtig", sagte sie und lächelte. Rosa schob sie weg. „Und jetzt stör mich nicht. Ich muß weitermachen."

Was Rosa nicht erwähnte war, dass sie das Arbeitszimmer schon immer schön gefunden hatte. Es war geräumig, ließ die Abendsonne ein und gab durch das Fenster den Blick auf den Rosenbusch und das Blumenbeet frei. Vor Einbrechern war es nach Rosas Überzeugung nicht so sicher wie der Raum im Obergeschoss, aber dieser Faktor fiel bald nicht mehr ins Gewicht. Sobald nämlich der Umzug stattgefunden hatte, bekam Rosa einen nächtlichen Zimmergenossen. Sandy, die von Stund an bei Rosa schlief, gab ihr das Gefühl, vor allen Mördern und Einbrechern sicher zu sein.

Angie zeigte Edwin ihr Häuschen von unten bis oben und es gefiel ihm. Mit Rosa kam er ohne viele Worte gut aus. Er hatte einen Stein im Brett bei ihr. Aber wie es kam, hätte keiner so richtig sagen können. Jedenfalls ergab es sich selten, dass Edwin bei Angie übernachtete. Viel öfter fuhr sie zu ihm. Sie hatte seine Wohnung liebgewonnen und beide schätzten es, sich zu benehmen, wie sie wollten, und wenn sie nackt herumliefen, so ging das außer ihnen niemand etwas an.

Für Edwin waren seit der Nacht mit dem Mordanschlag auf Angie die Würfel gefallen. Sie war die Frau, die er liebte, und mit ihr wollte er zusammenbleiben. Er hatte es nie ausgesprochen, aber es war klar. Angie hatte es verstanden und war damit einverstanden. Es war, wie wenn sie füreinander bestimmt gewesen wären. Sie waren angekommen, beide nach langer Reise, und sie schätzten ihr Glück.

Irgendwann im Winter änderte sich der Rhythmus ihrer gegenseitigen Besuche und Edwin zog es abends nach der Arbeit nicht mehr so sehr in seine kalte und leere Wohnung. Er kam fast regelmäßig zu Angie. Am Wochenende lebten sie meist einen Tag bei ihm, aber es war nicht mehr dasselbe. Die Wohnung strömte eine Aura von Unbewohntheit aus. Schließlich beschloss Edwin, das Wagnis einzugehen und ganz zu Angie zu ziehen. Sie waren nun aus der Verliebtheit ins Stadium der Liebenden mit Realitätsbezug eingetreten und suchten nach ökonomischen Lösungen. Edwin kündigte die Wohnung, behielt aber den Schuppen für seine Schreinerarbeiten und seine Geräte.

Als das Frühjahr kam, war Edwin einige Tage lang nachdenklich und schien mit etwas nicht im Reinen zu sein.

„Was ist es?" sagte Angie, „Entweder du sagst es oder du schluckst es. Aber erstick nicht daran."

Er verdrehte die Augen. „Für dich ist immer alles einfach", beschwerte er sich. „Aber du weißt, dass ich mich schwertue."

Nie würde er begreifen, mit welcher Schnelligkeit Frauen komplizierte Situationen analysieren konnten. Dazu hätte er Tage gebraucht. Allerdings schien ihnen gleichzeitig die Fähigkeit abzugehen, daraus den entsprechenden Nutzen zu ziehen. Dieser Gedanke baute ihn wieder auf.

„Lass uns gehen", schlug er vor, „draußen kann ich besser denken."

Sie nahmen Sandy mit und gingen über die Felder und durch ein Stück Wald.

„Ich glaube, ich möchte nicht so weiterleben", sagte Edwin sachlich. Angie erschrak. „Wie: nicht so?" fagte sie. Edwin wartete eine Weile, bevor er antwortete. Schließlich sagte er „So unverheiratet."

Angie stieß die angehaltene Luft aus und schlug ihn mit der Hand auf den Arm.

„Mich so zu erschrecken!" rief sie empört und erleichtert. „Du gemeiner Kerl!"

Er hob sie hoch und sagte „Was meinst du?" Sie blickte in seine hellgrauen, er in ihre dunkelblauen Augen und sie küssten sich.

++++

Sie heirateten im Mai und es war sicher die ungewöhnlichste Hochzeit, die Esslingen-Weil jemals erlebt hatte. Edwin und Angie wollten kein Fest halten, aber ihr Wille wurde völlig ignoriert. Tante Rosa und Tülin Pereira hatten sich verschworen und sich eine

Hochzeitsfeier mit allem Drum und Dran ausgedacht. Sie hatten es sogar fertiggebracht, Robert Kuhn einzuspannen und zwar unter heftigen Schwüren der Verschwiegenheit.

So gingen Angie und Edwin nicht unauffällig im dunkelgrauen Kostüm und schwarzen Anzug zum Standesamt, sie wurden aus dem Hinterhalt überwältigt und Angie wurde gezwungen, ihr Kostüm auszuziehen und ein mit winzigen Blumen besticktes cremefarbenes langes Seidenkleid anzuziehen. Ihr wurde ein kleines Rosenbukett mit cremefarbenen Bändern in die Hand gedrückt und in ihr Haar wurden weiße Rosenblüten gesteckt. Edwin bekam eine cremefarbene Krawatte umgebunden und eine weiße Rosenkospe angesteckt.

Beide wurden in ein rotes Daimler-Oldtimer-Cabriolet verfrachtet, das Kuhn gemietet hatte und höchstpersönlich fuhr. Angie nahm aus dem Augenwinkel wahr, wie etliche Personen in ihr Haus strömten – war das nicht der Sachbearbeiter der Krankenversicherung und das nicht die Frau mit dem Dobermann, allerdings ohne den Dobermann? -, aber da saß sie schon im Cabrio und wurde zum Standesamt gefahren. Sie sah Edwin an. Er sah sie an. Langsam drehte er den Kopf zu Kuhn und sagte „Hör mal, Robert..."
„Ich kann nichts dafür", schnitt ihm der das Wort ab, „ich bin völlig unschuldig. Du hast alles deiner Schwiegertante zu verdanken." Sie sahen Rosa auf dem Beifahrersitz an. Sie sahen sich wieder an. Angie platzte heraus. Sie lachte und lachte. Edwin schüttelte stumm den Kopf.

Lachend und kopfschüttelnd gingen sie durch den Tag. Angie fand alles so lustig und gleichzeitig so absurd, dass sie aus dem Lachen nicht herauskam.

Nach dem Standesamt wurden sie von Rosa mit Reis beworfen und Angie warf pflichtschuldig ihren Brautstrauß über die Schulter, natürlich in Rosas Arme. Dann führte man sie zu Fuß in ein Fotolabor, wo sie für alle Zeiten verewigt wurden als das erstaunteste Hochzeitspaar aller Zeiten. Als Edwin danach essen gehen wollte, wurde er weitergezerrt, und als er ein paar Hamburger kaufen wollte, denn er hatte ehrlichen Hunger bekommen, wurde ihm das vehement verboten. Kopfschüttelnd ließ er sich wieder ins Auto verfrachten und nach Hause fahren.

„Ein Gutes hat das Ganze", tröstete ihn Angie.

„Was denn?" wollte er wissen.

„Wir sind jetzt wirklich verheiratet", sagte sie. Er lachte zum erstenmal. „Da hast du recht." Und er nahm sie in die Arme und küsste sie.

Wenn sie nicht zum Haus geführt worden wären, hätten sie es sicher verfehlt. Es sah gar nicht mehr aus wie ihr Haus.
Die Haustüre war mit Buxbaumgirlanden und weißen Schleifen umkränzt, eine Wäscheleine mit Babykleidern spannte sich quer durch den Vorgarten – Edwin schüttelte den Kopf – und ein Plakat mit „Just married" und ihren Namen prangte daneben.
Die Haustür wurde aufgerissen, eine mit einer goldenen Schleife geschmückte Sandy tobte um sie herum und sie wurden unter „Hoch sollen sie leben!"- und „Herzlichen Glückwunsch!"-Rufen von einer Schar von Menschen begrüßt, die das Haus klein erscheinen ließen. Man bugsierte sie durch das Wohnzimmer, auch es geschmückt mit bunten Bändern und Girlanden, auf die Terrasse.

Hier war auf goldenen Tischen ein üppiges Büffet einer Catering-Firma aufgebaut, für Edwin der erste versöhnliche Anblick an diesem Tag. Als Angie eine Art Maibaum in ihrem Garten sah, aufgestellt zweifellos von

Kuhns und Edwins Kollegen, mit Eheringsymbolen und Margeriten- und Vergissmeinnichtketten geschmückt, bekam sie einen hysterischen Lachanfall, der nicht so schnell vorüberging.

Rosa musste mit ihrer Ansprache warten, bis sich die Braut beruhigt hatte, und es kostete Angies ganze Kraft, ein einigermaßen würdevolles Aussehen vorzutäuschen. Sie bekamen ein Glas Sekt in die Hand gedrückt und stießen mit allen an. Edwin sah darin keinen rechten Sinn, denn er würde den Sekt sowieso nicht trinken. Aber endlich gab es etwas zu essen und allmählich fühlte er sich in dieser Gesellschaft, die er zur Hälfte nicht kannte, etwas wohler.

Angie tat es gut, etwas in den Händen zu halten und beschäftigt zu sein, denn das lenkte sie von dem Lachzwang ab, der immer noch im Hintergrund lauerte. Als sie Rosas unsicheres und erwartungsvolles Gesicht sah, wurde ihr endlich bewusst, dass das ganze Spektakel ein Riesengeschenk von Rosa war, das mit viel Liebe ausgedacht und in die Tat umgesetzt worden war und nach Anerkennung dürstete. Sie umarmte Rosa, sagte ihr, wie sehr sie sich freue und dass dies die einzigartigste Hochzeit sei, die sie je erlebt habe. Rosa strahlte. Nun musste Angie auch noch Tülin danken und Kuhn und danach war allen viel wohler.

Angies Lachzwang hielt sich in Grenzen, solange sie nicht auf den Maibaum schaute. Sie ließ sich nun von Edwin die Hälfte der Gäste vorstellen, die sie nicht kannte, und stellte ihm die andere Hälfte vor.

Das Fest wurde richtig ausgelassen. Jemand hatte eine Gitarre dabei, eine Frau sang, zunächst ein klassiches Lied, dann irische Volkslieder und schließlich noch Country Songs, und die meisten Gäste tanzten. Dann trug Herbert Streckle, der natürlich ebenfalls da war, mit Frau und Tochter sogar, ein selbstfabriziertes Gedicht vor, bei dem Angies Lachzwang auf eine harte Probe gestellt wurde, und Carlo überreichte beiden ein selbstgemaltes Bild. Das war der Auftakt zur Geschenketour.

Jeder brachte etwas an und kopfschüttelnd sah Edwin, wie sich auf einem leergeräumten Esstisch die Geschenke türmten. Irgendwann hielt auch Kuhn eine Rede, die so trocken und treffend war, dass alle lachten und Edwin kopfschüttelnd immer wieder „Mein Gott" murmelte.

Sie bekamen Luftballons verteilt, die sie aufbliesen und mit ihren Wünschen in den Himmel fliegen ließen. Als es dunkel und kühl wurde, blieben sie noch bei Kerzen- und Lampionlicht draußen, aber es wurde bald feucht, so dass alle ins Haus gingen. Ein Teil der Gäste verabschiedete sich. Edwin ging nach oben und kam in Cordhosen und Sweatshirt zurück. Er setzte sich neben Angie, die gerade über eine Geschichte des Sachbearbeiters lachte.

„Willst du dir nicht auch etwas Bequemes anziehen?" fragte Edwin sie. Leise fügte er hinzu „Ich helfe dir dabei." Angie musste wieder lachen und konnte nicht aufhören und Edwin gab auf und fand sich damit ab, an seinem Hochzeitstag von unzähligen Gästen und einer ewig lachenden Ehefrau umgeben zu sein. Möglich, dass Angie auch ein bisschen betrunken war, denn irgendwann fand sie ihn auf dem Sofa und umarmte ihn so innig, dass sie ihn gar nicht mehr losließ, und als Edwin sie sanft lösen wollte, sah er, dass sie eingeschlafen war.

Er nahm sie auf seine Arme und trug sie ins Schlafzimmer. Keinem fiel auf, dass sie nicht mehr da waren, und Edwin war erleichtert, die Menschen endlich hinter sich zu lassen und mit Angie allein zu sein. Er legte sie aufs Bett, öffnete vorsichtig den Reissverschluss ihres Kleides und zog es aus. Er zog ihr auch die Strumpfhose aus und deckte sie gut zu. Wie angenehm ruhig es im Schlafzimmer war. Von unten drang nur Murmeln herauf. Edwin strich Angie, der man die Erschöpfung ansah, leicht übers Haar. Ihre Fältchen um die Augen waren deutlich zu sehen und ihr Mund sah müde aus vom vielen Lachen. Edwin fühlte eine Sehnsucht, sie zu beschützen vor allzuviel Erschöpfung und vor allem, was ihr schaden konnte. Dass er diesen Wunsch immer noch hatte, obwohl sie sich nun so gut kannten und gute und schlechte Tage erlebt hatten, das erschien ihm wie ein Geschenk. Er küsste sie leicht auf die Augen und ging zur Tür.

„Willst du mich etwa an meinem Hochzeitstag im Bett allein lassen?" murmelte sie. Edwin kam zurück und setzte sich aufs Bett.

„Ja, das will ich", sagte er fest. Angie blinzelte ungläubig. „Es sei denn, du versprichst mir, in der nächsten halben Stunde nicht zu lachen." Er lächelte sie an. „Versprochen", sagte Angie.

+++

Im Spätsommer wurde dem Frauenmörder der Prozess gemacht. Streckle sah bestätigt, was er schon wusste: die Rothaarige hatte nicht recht gehabt. Der 26-jährige Täter, der alle Taten gestand, war Sohn ehrbarer Eltern. Er stammte aus Tübingen, wo sein Vater Professor für Sinologie war und seine Mutter eine Kinderkleiderboutique führte. Er war als einziges Kind in Wohlstand und Liebe aufgewachsen.
In seiner Pubertät entwickelte er sich zu einem Riesenkerl, der nicht wusste, was er mit seiner Körperkraft anfangen sollte. Es gab Streitereien mit beiden Eltern und einige Delikte in Richtung Körperverletzung, die aber vertuscht wurden. Der Junge

machte mit Ach und Krach Abitur und fing in Stuttgart an, Informatik zu studieren.

Er nahm sich eine Wohnung in Obertürkheim, an der Stadtgrenze zu Esslingen, erhielt einen monatlichen Scheck vom Vater und ließ sich zuhause nicht mehr blicken. Die Eltern zogen irgendwann weg und verloren den Kontakt zu ihrem Sohn ebenfalls. Nachdem der Student versucht hatte, bei verschiedenen Außenseitergruppen Aufnahme zu finden, was ihm wegen seiner Brutalität und seiner Unfähigkeit, andere Meinungen gelten zu lassen, nicht gelungen war, blieb er schließlich allein und versumpfte. Er ging nicht mehr zur Uni, lag tagsüber im Bett und streifte nachts durch die Gegend.

Der Drang, Frauen zu erdrosseln, kam über ihn, als sich eine ältere Frau in Esslingen-Mettingen nachts an ihm so erschrocken hatte, dass sie in einen Schreikrampf verfallen war. Er hatte ihr daraufhin mit bloßen Händen die Kehle zugedrückt, bis nichts mehr zu hören war, und sie liegengelassen.

Künftig ging er mit einem Strick oder Ähnlichem auf Streife. Dann folgten die beiden bekannten Morde, rein zufällig, weil er, wie er berichtete, von den Frauen magnetisch angezogen worden war und verhindern wollte, dass sie bei seinem Anblick schrieen. Dass ihn niemand nach der Täterbeschreibung erkannt hatte, lag daran, dass er tagsüber nicht zu sehen war. Brauchte er Lebensmittel, so ging er kurz vor 20 Uhr ins Esslinger Neckar Center einkaufen, wo alles so riesig und anonym war, dass er keinem auffiel.

Er war übrigens nicht homosexuell, sondern heterosexuell, was Streckle sich schon gedacht hatte. Die alte Dame, sein erstes Opfer, war damals tot auf der Straße aufgefunden worden und vom behandelnden Hausarzt war ohne weitere Schwierigkeiten ein normaler

Totenschein ausgestellt woden. Sie hatte bereits einen Schlaganfall gehabt, war vielfältig krank und man ging wohl davon aus, dass sie einen erneuten, diesmal tödlichen Schlaganfall erlitten hatte.

Streckle war nicht rechthaberisch, aber es befriedigte ihn, seinen Instinkt bestätigt zu sehen. Es hatte ein Jahr gedauert, bis er diese Informationen nun aus der Zeitung entnehmen konnte. Das Stuttgarter Präsidium hatte es nicht für nötig befunden, ihn zu informieren. Streckle hatte dafür Verständnis. In einer hierarchischen Behörde, wie der Polizeiapparat es nun einmal war, sind Niederlagen nicht leicht einzugestehen. Und dass die klugen Stuttgarter sich von den provinziellen Esslingern den Täter mussten liefern lassen, das würde das Klima zwischen den beiden Dienststellen noch auf lange Zeit im arktischen Bereich halten.

Aber Herbert Streckle war kein nachtragender Mensch. Er war zufrieden in seiner kleinen Dienststelle, mit seinem Assistenten Hoffmann, der, wie ihm zu Ohren gekommen war, mit Stuttgart geliebäugelt hatte, aber dort aus verständlichen Gründen nicht genommen worden war, und seinen Mitarbeitern.
Sein langjähriger Streifenpolizist Rossi war ja nun im Innendienst und dort wider Erwarten erfolgreich. Es gab Gerüchte, dass er wieder heiraten wolle, und diese Gerüchte hatten mit einer ehemaligen Polizistin zu tun, die in Esslingen nur ein kurzes Gastspiel gegeben und dann eine Ausbildung zur Köchin begonnen hatte. Keiner wusste eben, wohin die Liebe fiel.

Am allerwichtigsten aber war ihm seine Familie, die zu seiner großen Überraschung anzuwachsen schien. Seine einzige Tochter Sabine hatte ihren Abschluss als Diplom-Betriebswirtin gemacht und ihren staunenden Eltern mitgeteilt, dass sie schwanger sei. Ein entsprechender Ehemann und Kindsvater sei wohl nicht vorhanden, auch gar nicht nötig, wie sich Steckle belehren lassen musste, dafür eine Studienkollegin, die bereits alleinerziehend sei und mit Streckles Tochter zusammenziehen wolle.

Die Jugend musste wohl ihren eigenen Weg gehen, das sah Streckle ein.

Dass die alten Familienstrukturen so unbrauchbar wohl doch nicht waren, konnte er bei seiner Nachbarin Zimmermann sehen. Zwar hatte sie diesen jungen Holzfäller geheiratet, der in nichts zu ihr passte, aber zwischen den beiden schien es zu funktionieren. Er sah sie immer händchenhaltend oder umschlungen vorbeigehen. Sie schienen auch die ältere Dame, Rosa Zimmermann, mit Respekt und Zuneigung zu behandeln. Wenn er seiner Frau glauben konnte, war die Zimmermann mit ihren fünfundvierzig Jahren schwanger und würde etwa zeitgleich mit seiner Tochter entbinden. Streckle seufzte. Das Leben war schon verrückt. Und je älter er wurde, desto verrückter fand er es.

ENDE

FSC
www.fsc.org

MIX

Papier aus ver-
antwortungsvollen
Quellen
Paper from
responsible sources

FSC® C105338

Herstellung und Verlag:
BoD - Books on Demand, Norderstedt
ISBN 978-3-7386-0268-5